- 本书为2023年度江苏省高校哲学社会科学研究项目"新世…
  （项目号2023SJYB2129）结项成果
- 本书由扬州市绿扬金凤计划、扬州市职业大学高层次人才科研启动项目资助出版
- 本书为扬州市职业大学优秀学术著作资助项目

信世杰 / 著

新世纪非虚构

"打工叙事"研究

江苏大学出版社

镇江

JIANGSU UNIVERSITY PRESS

图书在版编目（CIP）数据

新世纪非虚构"打工叙事"研究／信世杰著.
镇江：江苏大学出版社，2024.12. -- ISBN 978-7
-5684-2359-5

Ⅰ.Ⅰ04

中国国家版本馆 CIP 数据核字第 2024P81L54 号

新世纪非虚构"打工叙事"研究
Xinshiji Feixugou "Dagong Xushi" Yanjiu

著　者/信世杰
责任编辑/徐　文
出版发行/江苏大学出版社
地　　址/江苏省镇江市京口区学府路 301 号（邮编：212013）
电　　话/0511-84446464（传真）
网　　址/http：//press.ujs.edu.cn
排　　版/镇江文苑制版印刷有限责任公司
印　　刷/镇江文苑制版印刷有限责任公司
开　　本/718 mm×1 000 mm　1/16
印　　张/11
字　　数/170 千字
版　　次/2024 年 12 月第 1 版
印　　次/2024 年 12 月第 1 次印刷
书　　号/ISBN 978-7-5684-2359-5
定　　价/48.00 元

如有印装质量问题请与本社营销部联系（电话：0511-84440882）

目 录

导言

打工者如何在文学中被表述，以及打工者如何在文学中表述自我，这是 20 世纪 80 年代中期以来一直萦绕在当代文学领域的重要问题。兴起于 20 世纪末期的"打工文学"与新世纪之初的"底层文学"潮流，对这些问题都有广泛探讨。虽然相关的话题在热浪之后慢慢沉寂，但并不代表这些问题已经被忘却或妥善安置。相反，随着时代的演进，老话题会在新的历史条件下重新焕发出召唤力，成为文学界不得不去面对的新问题。近年来有关"新工人文学"的讨论，便是在新的时代语境下，面对新的群体特质对这一问题的重提，其中，打工者的非虚构书写尤为值得关注。新世纪非虚构写作潮流中，知识分子、专业作家对打工者的书写也是对上述问题的再次触及。

新世纪第二个十年以来，"非虚构"经由《人民文学》主推而渐成一股声势浩大的文学潮流。其中，一批由打工者创作和以打工者为书写对象的非虚构作品纷纷面世，包括张彤禾《打工女孩：从乡村到城市的变动中国》、郑小琼《女工记》、萧相风《词典：南方工业生活》、丁燕《工厂女孩》《工厂男孩》、梁鸿《出梁庄记》、黄灯《大地上的亲人：一个农村儿媳眼中的乡村图景》、袁凌《青苔不会消失》、林立青《做工的人》、黄传会《中国新生代农民工》、姬铁见《止不住的梦想：一个农民工的生存日记》、陈年喜《活着就是冲天一喊》，以及《新工人文学》电子刊、"真实故事计划"、"正午故事"、"谷雨实验室"、"三明治"、"故事硬核"、"澎湃·镜相"等新媒体平台中的非虚构作品。这些作品及写作活动构成了新世纪非虚构"打工叙事"的文学现象，对这一新文学现象进行梳理与解读，能够更好地把握打工文学、底层文学及新工人文学在非虚构写作潮流中新的发展动向，同时也能为非虚构这一"舶来品"的进一步中国化探明一条路径。

第一节　对研究对象的定义

在改革开放新时期以来的中国当代文学发展史上，有几个与"打工叙事"相关的概念，分别是 20 世纪 90 年代提出的"打工文学"、新世纪之初引发广泛讨论的"底层文学"，以及近年来初步展开讨论的"新工人文学"。对这几个概念的辨析，能够帮助我们更好地厘清"打工叙事"的内涵与外延。

一、打工文学

打工文学出现的基础，首先是"打工"这一社会现象随着改革开放的推进而逐渐普遍化。"打工"作为一个伴随改革开放由香港引入内地的词汇，在其传播过程中语义发生了较大的流变，通常成为雇佣关系中弱势一方的行为指称。在我国大陆地区，由于城乡二元结构体制，城乡之间长期存在着发展不平衡的状况。20 世纪 80 年代初，土地去集体化改革使得大量农村劳动力从土地中解放出来，进入城市务工，成为户籍归属农村但在城市工作生活的"农民工"。此阶段内，政府准许农民进入城市经商与就业，同时实行暂住证制度对进城农民进行监管，又以收容遣送制度作为惩罚机制，并未给予"农民工"政策上的保护与相应的认可，更多视其为"招之即来，挥之即去"的需求型劳动力资源。"打工"活动确实增加了农民的收益，让他们得以从土地中解放出来，但与此共生的往往还有文化认同缺失、家庭关系涣散、讨薪难、居住环境差等内外在问题。

打工文学作为一种文学现象，源于 20 世纪 80 年代的深圳。深圳《特区文学》1984 年第 3 期刊发的林坚小说《深夜，海边有一个人》被认为是打工文学的发端之作，此后《大鹏湾》《花城》《广州文艺》

《佛山文艺》《珠海》等广东地区公开出版发行及非公开出版的"内刊"陆续刊发了一些由打工者创作、反映打工生活的作品，陆续出现林坚、周崇贤、张伟明、安子、黄秀萍等"打工作家"。在此之后，文学界开始注意这一新的文学现象，并展开讨论。评论家杨宏海在 20 世纪 90 年代初期撰写了《打工文学纵横谈》《打工世界与打工文学》《一种新的特区文化现象：打工文学》《市场经济新的文学新潮：打工文学》等多篇文章来介绍深圳打工文学的发展情况，为打工文学摇旗。上海《文汇报》也于 1992 年刊发《"打工文学"异军突起》，向外界推介打工文学。

兴起于深圳的这一区域性文学现象真正引发全国性关注，还是在新世纪之后。2000 年，"大写的 20 年·打工文学研讨会"在深圳市宝安区举办；2004 年，设立了面向进城务工青年群体的"鲲鹏文学奖"；2005 年，"全国打工文学论坛"在深圳召开；2008 年，"2008 打工文学·北京论坛"在中国现代文学馆举行。以上这些由政府组织的文学会议和文学奖项，将打工文学带入"主流"语境。同时，新世纪之后，《读书》《文艺争鸣》《天涯》《南方文坛》等具影响力的思想、理论类刊物也刊发了相关讨论文章，扩大了打工文学的"声量"。

正式提出"打工文学"这一概念的杨宏海后来对这一概念进行了重新界定，认为其定义不应太过宽泛，仅将具有打工经验的写作者创作的反映自身生存状态和思想情感的作品纳入其中，"简言之，就是'打工者写，写打工者'的文学"①。杨宏海对打工文学的定义在学界获得了较为广泛的接受，打工文学的概念就此被确认为打工者就打工题材进行的文学创作。

二、底层文学

虽然底层文学的概念稍晚于打工文学的概念的出现，但其讨论声势和影响力都在打工文学之上。1996 年，蔡翔在《钟山》第 5 期发表了

---

① 杨宏海：《"打工文学"的历史记忆》，《南方文坛》2013 年第 2 期。

散文《底层》，他以抒情的笔调描写了苏州河北岸的"另一半"上海。在这半个上海里，没有河对岸另一半上海的美丽建筑、法国梧桐、酒绿灯红，它所拥有的是拥挤和贫穷，是从异乡顺着苏州河漂泊而来、定居在这半个上海的"底层"。这是一篇非虚构的叙事性作品，其中并没有对概念的辨析和对理论的梳理，只有作为文学家的作者在个体视角下对"我的底层"的追忆，以及面对底层变化所表现出的痛惜感。时隔八年，《天涯》杂志于 2004 年第 2 期重新刊发了《底层》这篇文章，同时开设"底层与关于底层的表述"专栏，先后刊发了刘旭、蔡翔、高强、王晓明、顾铮、吴志峰、摩罗等多位学者的讨论文章，底层问题由此引起学界的注目。同样是在 2004 年，曹征路的中篇小说《那儿》发表于《当代》第 5 期，获得了文学界的极大关注。《文艺理论与批评》《当代作家评论》等刊物都以专题文章的形式展开了对《那儿》的讨论，广东作家协会与中国作家协会在 2005 年 11 月召开"曹征路现象"研讨会，重点讨论《那儿》这部小说。一部中篇小说能够引发如此广泛的关注，这在 20 世纪 80 年代之后的文学界十分罕见，也正是因为《那儿》的广泛影响力，它才得以作为底层文学的代表作品为这一文学概念提供典范性文本支撑。由此，2004 年也被学界认为是底层文学研究的"元年"。

在此之后，在文学创作方面，曹征路《霓虹》《问苍茫》、陈应松《马嘶岭血案》《太平狗》、罗伟章《变脸》《大嫂谣》、胡学文《命案高悬》、贾平凹《高兴》等一批作品被认为是底层文学的代表作。在理论评论方面，蔡翔、刘旭、南帆、李云雷、洪治纲、王晓华、汪政、旷新年、张清华、孟繁华、王尧、单正平、赵学勇等学者都对底层文学的概念划定及其精神资源、底层文学的社会性与审美性、底层文学表述底层的合理性和合法性，以及表述底层的方式撰文探讨。到新世纪第一个十年的末期，不论从文学创作方面还是理论评论层面来看，底层文学的热潮都已经过去。

李云雷在 2010 年对底层文学进行总结时，从内容、形式、写作态度、传统四个方面对这一概念进行了全面定义："在内容上，它主要描写底层生活中的人与事；在形式上，它以现实主义为主，但并不排斥艺术上的创新与探索；在写作态度上，它是一种严肃认真的艺术创造，对现实持一种反思、批判的态度，对底层有着同情与悲悯之心，但背后可以有不同的思想资源；在传统上，它主要继承了 20 世纪左翼文学与民主主义、自由主义文学的传统，但又融入了新的思想与新的创造。"①这种定义方式看起来囊括了底层写作的方方面面，但又正因为其定义过于宽泛导致概念偏于相对性，这可能是论者为底层文学的未来面向而刻意留下的多个开口。杨国伟在其博士论文中也曾为"底层叙事"这一概念下过定义：所谓"底层叙事"指的是作家以那个相对于"上层"的"底层"为叙述对象，在特定的叙事姿态中有效地传达了"底层"声音的叙述行为。②这一"底层叙事"的定义同样具有相对性，原因在于"底层"这一概念的相对性和不确定性。

"底层"（subaltern）这一概念通常被认为最早来自葛兰西的《狱中札记》，但葛兰西并未对这一概念下明确定义。国内知识界中，陆学艺、孙立平等学者将这一词汇借来做中国语境中的相关话语构建，结合社会学研究尝试将"底层"的所指对象进一步明确。但底层文学中的"底层"概念依旧相对模糊，导致其立足不稳。不过，就实际发展情况而言，正因"底层"概念的模糊性才引发了持久而广泛的讨论，这是它的功绩所在。

如果抛开对"底层"概念的辨析，底层文学与打工文学之间的关联是一个值得关注的话题。二者的共相十分明显，都表现为对社会"底层"的关注。关于二者的区别，学界也有基本共识，即认为底层文学是由专业作家创作的，以此与打工文学的"打工者写，写打工者"在写作主体层面做出区分。李云雷在辨析二者关系时指出，打工文学、底层文学引起学界广泛重视的时间大体是同步的，可以将二者视作"重视底层"文学思潮的两个不同侧面，并由此进一步提出底层文学的"广义"

---

① 李云雷：《新世纪文学中的"底层文学"论纲》，《文艺争鸣》2010 年第 11 期。
② 杨国伟：《现代中国文学"底层叙事"研究》，博士学位论文，陕西师范大学，2018，第 19 页。

与"狭义"之分,前者是包含打工文学在内的所有描写底层的作品,而后者仅指知识分子和专业作家所创作的作品。李云雷所提出的广义的底层文学虽然可能使这个概念进一步泛化,但他所期待的底层文学、打工文学的互补却是一个值得探索的方向。到新世纪第一个十年末期,虽然打工文学与底层文学在创作和讨论上都不再有热度,但"重视底层"的文艺思潮并没有退却,依旧在行进之中,仅是从激流变为了潜流。

三、新工人文学

新工人文学作为近年来引起较多讨论的一个文学概念,首先源于"新工人"对原有的"农民工"这一称谓的取代。在一些学者看来,社会所习用的"农民工"称谓带有隐含的歧视意味,同时,对于新生代("80后""90后")打工者而言,他们不再像上一代打工者一样以农时为规律在城乡之间频繁流动,新生代打工者几乎没有务农经历,也不再把乡村当作最终归宿,而是倾向于留在城市。因此,以"新工人"为名并争取"新工人"在城市中应有的权利成为新生代打工者的集体诉求。

与底层文学中"底层"的概念来源类似,"新工人"这一身份概念同样来自社会学,因此首先要在社会学意义上给出"新工人"的定义,指明谁是新工人。社会学研究者吕途在《中国新工人:迷失与崛起》中为"新工人"这一概念下了定义:"新工人群体是指户籍身份是农民,但是已经离开农村不再从事农业生产,而是在城市生活和工作,通过付出自己的劳动以换取工资或劳务报酬的广大各行各业的劳动者。"[①]对于选取"新工人"这一称谓而不是"农民工"或"打工者",吕途在此书中做过辨析。弃用"农民工"这一称谓,是因为新一代的进城务工人员已经不再从事农业生产,实质上已不再是农民。"农民工"这一称谓具有隐含的歧视性,以至于这一群体自身都难以建立一种积极的身

---

① 吕途:《中国新工人:迷失与崛起》,法律出版社,2012,第11页。

份认同。对于"打工者"这一称谓，吕途经常将其与"新工人"交替使用，但更加突出后者的原因是，"新工人"相对于"打工者"不仅是一种身份描述，还隐含着与"工人阶级"相关的政治、经济和文化诉求。

李俊丽在其硕士论文《新工人文学的符号性》中较早地使用了"新工人文学"这一说法，其中"新工人"的概念用了吕途的定义，但对"新工人文学"的定义却使用了柳冬妩在《打工文学的整体观察》一书序言中对打工文学下的定义，随后，又从创作者层面将新工人文学分为两类：除了新工人自身的表述之外，也被知识分子捕捉到了文学想象中去。① 如此一来，便造成了概念的混乱。或者说，李俊丽只是借用了新工人文学的名号，把打工文学和底层文学重新放在一起，做消费符号分析。

随后，张慧瑜在《另一种文化书写：新工人文学的意义》这篇文章中对"新工人文学"进行了比较全面的总结，并给出了不同于李俊丽的定义。张慧瑜在简单辨析了打工文学、底层文学与草根文学几个概念之后，表示更愿意用"新工人文学"来指称李若、范雨素、陈年喜等人的写作，并指出新工人文学之"新"的三个基本内涵："一是创作主体，新工人文学的创作者是新工人，或者至少有过新工人生活经验的作者；二是批判意识，新工人文学对工人的身份有某种自觉，认同'劳动者创造世界'的理念，对现代、工业等文明有所反思和批判；三是未来视野，新工人文学追求一个更加平等、公平的现代世界或人类文明。"② 张慧瑜对新工人文学创作主体的界定，将没有新工人经验的写作者隔绝在外，即便是那些以新工人为写作对象的知识分子、专业作家，也可能因没有相关经验而被排除在外。这样一个"收紧"的概念一定程度上避免了自身的泛化，但同时也可以看到其对象文本的相对薄弱。相较于打工文学是对已产生的大量文本与创作现象的追加式命名，

① 李俊丽：《新工人文学的符号性》，硕士学位论文，陕西师范大学，2017，第13页。

② 张慧瑜：《另一种文化书写：新工人文学的意义》，《文艺评论》2018年第6期。

底层文学在讨论初期便出现了一批代表性作品,新工人文学范畴内引发一定关注的几乎仅有范雨素、李若的非虚构作品及许立志、陈年喜的诗歌作品等为数不多的文本。这并非表明新工人文学的文本数量不足,而是与新工人群体作为"社会底层"所占有的文化资源较少有关,他们的作品往往需要经过知识分子的中介作用才能得到广泛传播。如何发掘出更多具有讨论意义的文本,如何使更多新工人文学作品浮出地表,是留给新工人文学研究者和实践推动者的任务。从这一点来看,新工人文学目前还是一个初生的、面向未来的、具有召唤意义的文学概念。

总的来看,20 世纪 90 年代提出的"打工文学"、新世纪引发热议的"底层文学"和近年来越发受到关注的"新工人文学"三者有一个共同的面向,即对在政治、经济、文化资源方面占有量较少的群体的关注。而从创作主体、书写对象的范围来看,三者间又有着明显的差别:打工文学、新工人文学的创作主体是打工者或新工人,底层文学的创作主体为知识分子或专业作家①;打工文学、新工人文学以打工者、新工人自身为书写对象,而底层文学书写对象的范畴大于打工者群体,还包含乡村中的贫弱者、城市中的失业和无业者等。

如果将打工文学与新工人文学拿来作对比,我们可以看到,从打工文学到新工人文学有一种发展关系,后者是前者的一种高级形态。二者都是不同时期打工者的文学表达,但后者在写作者的身份自觉、文化自信和权利意识等方面有明显发展。另外,在文体层面,打工文学的主要文体是小说和诗歌,而新工人文学侧重诗歌和非虚构,尤其是对非虚构写作的看重,让新工人文学能够脱离既有的"审美霸权",通过自我书写构建主体身份,呈现出一些新面貌。

四、非虚构文学

谈及非虚构的话题,应该注意到,在底层文学出现危机的时刻,

---

① 但这三者也并非如此泾渭分明,比如王十月、郑小琼等人就从打工写作者成为专业作家;曹征路、黄灯作为知识分子作家又有着工人经历;丁燕为进行工厂非虚构书写,用两年时间进厂打工。

"非虚构"在新世纪第二个十年的再次集中出场就已在谋划之中。作为在中国当代文学发展过程中起着重要影响作用的文学刊物，《人民文学》也曾不遗余力地推举底层文学作品。按照李敬泽的说法，《人民文学》在20世纪90年代后期就把"底层写作"视为一个重要的关切点，从20世纪90年代发表白连春的《拯救父亲》，到后来有意识地刊发孙慧芬、鬼子、罗伟章、陈应松等人的作品，说明《人民文学》多年来一直重视底层文学。这一说法表现出《人民文学》对底层文学长期以来的关注，但也有与着重刊发底层文学的刊物《当代》争夺引领权之嫌。在底层文学的期刊引领方面谁最早、最多、最优不是我们关注的话题，我们关注的是李敬泽接下来对底层文学发出的质疑言论："我对编辑们说：以后少发，从严。为什么？作家从既成的知识分子话语出发，既无经验，也无新的思想资源，就是在那里愤怒和悲悯，其实他连他悲悯的对象是怎么回事都没搞清楚也没打算搞清楚。"① 在做出这样的判断之后，《人民文学》在第二年推出了"非虚构"栏目，虽然没有立即为非虚构划定界限，但期待着非虚构能够突破传统的文类秩序，创造新的可能。

《人民文学》在推动非虚构潮流时，格外注重"行动写作"，在刊发梁鸿《梁庄》的2010年第9期"留言"中，《人民文学》的编者就乡村书写展开追问，认为当下一些作家并未根据实际而是以想象中的对象进行创作。② 这些追问，是李敬泽先前对底层文学创作中作家经验质疑的延续。作为《人民文学》的掌舵人，李敬泽由此号召作家们"走出书斋，走向田野"③，以行动的姿态、以非虚构的方式创造新的可能。学者赵学勇、梁波在对新世纪"底层叙事"进行反思时，也关注到以《梁庄》为代表的非虚构作品，认为《梁庄》呈现出一个真实而又发人深省的中国乡村世界，为"底层叙事"提供了一种新的可能向度。当下，"非虚构"文本已非个别现象，而是呈现出明显的上升势头，为徘

① 李敬泽：《答〈文艺争鸣〉问》，《文艺争鸣》2009年第10期。
② 《人民文学》2010年第9期，"留言"。
③ 《人民文学》2010年第10期，"留言"。

徊中的"底层叙事"提供了一个新的范本。① 从这个意义上说,非虚构在新世纪的出场,是对底层文学危机的一个回应,也是文学关注底层的另一次创造性尝试。虽然非虚构写作的面向非常广,但底层的朝向是其重要一维,也是其在国内引发关注初期最被看重的一维。

关于非虚构,还有一个需要辨析的问题,即非虚构与报告文学的关系。二者都是作为"舶来品"被引入国内的,报告文学在 20 世纪 30 年代经左联引入国内后获得了长足发展,建立了中国报告文学的深厚传统。但任何一个文体的发展都有其兴衰起伏的历史规律,尤其是报告文学这类与时代、政治关联紧密的文体。非虚构文学在国内的接受,其实有两波浪潮,我们通常关注较多的是 2010 年由《人民文学》掀起的非虚构文学浪潮,而忽略了 20 世纪 80 年代的第一波接受过程。

对于"非虚构文学"这一概念,王晖、南平早在 1986 年写的《美国非虚构文学浪潮:背景与价值》这篇文章中就已提出。这篇早年的文章旨在分析美国非虚构文学浪潮的发生背景,并希望能够对当时国内日益深入的报告文学理论探讨有所帮助。在接下来的几篇文章中,王晖、南平把"非虚构文学"这一概念从美国文学中"拿来",做出具有中国化特色的概念变迁,以其涵盖报告文学、纪实小说和口述实录。② 我们可以看到,两位研究者在当时有意识地将非虚构文学的概念与中国具体情况相结合,尤其是把报告文学纳入其中。但是,鉴于这些观点发表时报告文学的风头正劲,"非虚构文学"的提法并没有得到广泛接受。虽然以上两位学者不遗余力地尝试进行涵盖报告文学在内的中国非虚构文学建构,但他们自己也认识到在 20 世纪 80 年代,"非虚构文学"并未成为一个专有名词。③ 在时隔多年之后的第二波接受浪潮中,面对进入

---

① 赵学勇、梁波:《新世纪:"底层叙事"的流变与省思》,《学术月刊》2011 年第 10 期。

② 南平、王晖:《1977—1986 中国非虚构文学描述——非虚构文学批评之二》,《文学评论》1987 年第 1 期。

③ 王晖、南平:《对于新时期非虚构文学的反思》,《华中师范大学学报(哲学社会科学版)》1987 年第 1 期。

"自我调适期"的报告文学，新一轮"非虚构"倡导者有意识地将其排除在外，这也造成了二者之间持续多年的"名称之争"。

经历缠斗之后，近年来，报告文学与非虚构又有了一些"合"的趋势。在非虚构浪潮的影响下，报告文学研究者也开始重新审视和调整报告文学的内在规定。如丁晓原强调报告文学文体需要随其自身演进和时代变迁而更具开放性，并在《报告文学，回到非虚构叙事本位》《重构报告文学的叙事优势》两篇文章中指出，在新的时代语境下，报告文学失掉了新闻性和思想性之后，应该充分发挥自身的叙事优势。在《论"全媒体"时代的中国报告文学转型》这篇文章中，丁晓原进一步分析了媒体传播多态化、媒体生活泛化及由此生成的非虚构审美文化。具体来看，报告文学新闻性淡化，代之以非虚构的故事性；政论性淡化，代之以作者与读者在文本中的"对话"；在题材层面，向现实与历史双向拓展；在书写对象层面，公共性与个人性书写并存。在《报告文学，作为叙事性非虚构写作方式》中，丁晓原指出，在当今语境下，报告文学已经由"新闻文学"转变为叙事性非虚构写作方式，由"报告的文学"转变为"文学的报告"。他进一步提出用报告文学的非虚构性、叙事性、文学性来替换老生常谈的新闻性、政论性、文学性。[1] 我们可以看到，作为报告文学专业研究学者的丁晓原在不断借用非虚构的发展成果来矫正报告文学的积弊，牵引报告文学这一叙事性非虚构文体向前迈进，实现自我更新。

本书认同王晖、南平、丁晓原三位报告文学研究者的观点，在一种朝向未来的视野中将报告文学纳入非虚构概念之中，结合报告文学的传统和非虚构的写作新特点建构中国非虚构话语体系。本书认为，"非虚构"是相对于"虚构"而存在的一个文类划分概念，"非虚构写作"则是一种以"非虚构性""叙事性""文学性"为要义的写作形式，其所生成的作品为"非虚构文学"作品。

---

[1] 丁晓原：《报告文学，作为叙事性非虚构写作方式》，《文艺理论研究》2020年第3期。

本书所要展开研究的非虚构"打工叙事",与以上所辨析的几个概念密切相关。它同样是对社会底层的文学观照,但其观照对象的范围明显小于"底层",或者说仅是"底层"的一部分。这里借用吕途对"打工者"的狭义界定,即"在城市打工而户籍在农村的打工者"①,更进一步而言,我们所说的"打工者"特指户籍在农村而工作、生活在城市,在雇佣关系中作为受雇一方的产业、服务业工人,虽然当下"知识劳工"也普遍戏称自己为"打工人",但那又是另外一个层面的问题②,本书仅把前者纳入讨论范畴。从这一界定出发,我们明确了"打工叙事"的书写对象,而在写作主体上,我们把打工写作者和知识分子、专业作家都纳入其中;在书写形式上,我们特别强调非虚构写作。由此,我们可以给出"非虚构打工叙事"的定义,即以非虚构写作形式讲述打工者故事的文本创作,既包括打工者的非虚构自我书写,也包括知识分子、专业作家以打工者为对象的非虚构写作。我们将满足以上条件的作品视为非虚构"打工叙事"作品,包括出版、发表于传统纸质媒体的作品,也包括公开发表于新媒体平台的作品。

新世纪非虚构"打工叙事"与新工人文学有重合之处,但后者并不完全包含前者,二者在写作形式、写作主体层面存在差异。如果将两者范围画为圆圈,重合的部分即新工人进行的非虚构"打工叙事",这是本书的研究重点之一。而新世纪非虚构"打工叙事"中与新工人文学并不重合的那一部分,即知识分子、专业作家的非虚构"打工叙事",这是底层文学议题中的新动向,同样是我们关注的要点。不同创作主体运用同一书写形式对同一书写对象进行写作,所呈现出的不同样貌是本书着重关切之处。

---

① 吕途:《中国新工人:迷失与崛起》,法律出版社,2012,第4-5页。
② 汪晖曾专文讨论过"新工人"与"新穷人"两个群体的形成及其关系。参见汪晖:《两种新穷人及其未来——阶级政治的衰落、再形成与新穷人的尊严政治》,《开放时代》2014年第6期。

第二节　研究现状及其反思

国内对非虚构文学的接受与研究，大体可分为两个阶段，第一个阶段是 1980—2010 年，第二个阶段是 2010 年之后。在第一个研究阶段，国内学界主要是对美国的非虚构文学现象进行梳理和介绍，也有部分学者尝试将非虚构文学概念进行"中国化"借用，以涵盖中国语境中概念混杂交错的纪实类文体。到了第二个研究阶段，非虚构成为文学界的热门话题和学术热点，不同的研究观照点渐次形成，开始逐步构建中国非虚构研究的话语体系。接下来，我们回顾四十多年来中国学界对非虚构文学的研究路径，在总体脉络中着重观察非虚构"打工叙事"的研究状况。

一、概念的引入

董鼎山于 1980 年发表《所谓"非虚构小说"》（《读书》1980 年第 4 期），率先向国内介绍美国非虚构小说的状况。随后，王天明《非虚构小说评述——兼论〈在冷血中〉》（《外国文学评论》1988 年第 2 期）、王晶《论非虚构小说对现实主义文学的新发展》（《云南民族学院学报》1988 年第 3 期）、聂珍钊《论非虚构小说》[《中南民族大学学报（哲学社会科学版）》1989 年第 6 期]、陆文岳《新新闻报道与非虚构小说——兴盛于美国六、七十年代的一种文学新样式》（《外国文学研究》1990 年第 4 期）、司建国《美国非虚构小说简论》[《西北师大学报（社会科学版）》1996 年第 6 期]、程锡麟《试论战后美国非虚构小说》（《当代外国文学》1998 年第 1 期）等文章都对美国非虚构小说的发源、特点等情况做出研究，不同于董鼎山对非虚构小说的怀疑态度，这些文章逐步深入这一文学现象内部，探析它与"新新闻报道"的关系，对其写作特征和理论主张进行总结。

同一时期内，王晖、南平连续发表了《美国非虚构文学浪潮：背景与价值》（《当代文艺思潮》1986 年 2 期）、《对于新时期非虚构文学的反思》[《华中师范大学学报（哲学社会科学版）》1987 年第 1 期]、《1977—1986 中国非虚构文学描述——非虚构文学批评之二》（《文学评论》1987 年第 1 期）、《生活真实与非虚构文学作家的真诚》（《当代文坛》1988 年第 2 期）、《传统报道模式的扬弃》（《文学评论》1988 年第 2 期）五篇文章，尝试将美国的"非虚构文学"引入国内，以此涵盖中国语境中的报告文学、纪实小说与口述实录体，对其做整体性描述。两位研究者还特别指出："'非虚构'本身又有不同的层次，我们暂且分为'完全非虚构'和'不完全非虚构'，并将其实用主义地看做报告文学、口述实录体同纪实小说的分界线，以避免二者间的纠缠不清。"①我们可以看到，这一分类方式确如论者所说，是偏实用意义的，在学理意义上并不严密。在随后的《1990：报告文学的得失与思考——兼谈1987—1990 年中国非虚构文学印象》[《华中师范大学学报（哲学社会科学版）》1991 年第 5 期]、《激变时期的中美非虚构文学》（《外国文学研究》1995 年第 2 期）、《1997—1999：报告文学理论批评回眸——20 世纪 90 年代中国非虚构文学理论研究与批评之二》（《文艺评论》2000 年第 4 期）、《报告文学：作为非虚构文体的文学魅力》（《甘肃社会科学》2005 年第 1 期）、《非虚构文学：影响、异议、正名与建构》（《中国作家》2006 年第 8 期）几篇文章中，王晖、南平虽然仍坚持先前提出的分类方式，但论述的重心大都放在了报告文学这一文体上。

我们可以看到，在国内非虚构接受与研究的第一个阶段，对以美国为主的国外非虚构发展情况的介绍及借用非虚构文学概念对中国非虚构文学体系进行构建是两大集中研究点。此外，如吴炫《作为审美现象的非虚构文学》（《文艺争鸣》1991 年第 4 期）、王晖《现当代中国非虚

---

① 南平、王晖：《1977—1986 中国非虚构文学描述——非虚构文学批评之二》，《文学评论》1987 年第 1 期。

构文学的大众文化品格》[《华中师范大学学报（哲学社会科学版）》1994 年第 4 期]、吴长青《非虚构文学研究中的理论视野》[《阜阳师范学院学报（社会科学版）》2008 年第 6 期]也以报告文学文体为主尝试探讨了非虚构文学的审美、大众化特性及相关理论问题，但这样的研究并不显见。非虚构真正作为学术热点和全方位的研究对象，是在 2010 年之后的第二个阶段。

二、非虚构研究热潮与困境

尽管在《人民文学》之前，也有《钟山》《中国作家》等杂志以类似的形式开设过非虚构相关栏目，但真正让非虚构变为一股讨论热潮的，还是《人民文学》自 2010 年第 2 期开设的"非虚构"栏目，以及其刊发的以梁鸿《梁庄》为代表的一系列作品。自 2011 年起，文学研究界展开了对非虚构的讨论，学界重要刊物《南方文坛》《中国现代文学研究丛刊》《当代作家评论》《当代文坛》《文艺争鸣》《文艺理论与批评》《文学评论》《江苏社会科学》《江西社会科学》《探索与争鸣》《东吴学术》《文艺评论》等，都先后参与过对非虚构的探讨，十余年来讨论热度未减。在数量甚众的研究成果中，结合与文学相关的成果，我们大体可将关于非虚构的讨论归纳为以下五个方面。

第一个方面，是对非虚构写作内容与现实关联性的探讨。《人民文学》推出"非虚构"栏目，其实预设着对虚构写作的不满，这种不满针对两个方面：一是对 20 世纪 80 年代建立起来的"纯文学"写作偏重形式探索而轻视与现实世界关联的不满；二是对底层叙事中知识分子经验缺失导致写作模式化、概念化的不满。因此，《人民文学》推出了梁鸿《梁庄》、慕容雪村《中国，少了一味药》、萧相风《词典：南方工业生活》等关注社会底层和边缘群体的作品。非虚构写作内容与现实关联这一类研究出现较早，并贯穿了关于非虚构讨论的始终，我们能看到的较早及较新的两组专题文章的焦点都在于此。《南方文坛》最先于 2011 年第 1 期刊发的一组关于《梁庄》的讨论文章，包括一篇《梁庄》讨论会纪要和周立民、李云雷、杨俊蕾的三篇专论。其中，李云雷在

《我们能否理解"故乡"?——读梁鸿的〈梁庄〉》中以"我们如何理解农村""我们如何理解这个时代""我们需要什么样的文学"三个部分讨论了《梁庄》的意义所在,认为《梁庄》所带来的启示正是文学应重建与世界、与现实的关联。在接下来的一篇文章中,李云雷同样表达了对非虚构在内容层面与现实关联性的重视:"'非虚构'之所以有意义,就在于它直面我们这个时代,切中了当前文学中所存在的问题,为我们理解世界打开了一个新的渠道。"① 李云雷对非虚构现实面向的看重,延续了他个人在底层文学研究中的文学观念,也是非虚构研究中此方面比较有代表性的观点。吕永林进一步将《中国在梁庄》《出梁庄记》《女工记》等聚焦社会现实问题的写作称为"危机叙事",即"写作者在遭遇事实或现实给人以极大逼压与苦恼的各种'危机时刻'的写作"。② 这种非虚构的"危机叙事"能够切中读者、研究者所关心的"中国问题",围绕非虚构展开广泛讨论十余年,这一话题仍是焦点之一。在新近发表的一组专题讨论文章中,《探索与争鸣》杂志以"非虚构写作与中国问题:文学与社会学跨学科对话"为主题,邀请文学、社会学界学者进行对话,核心问题之一仍是"在价值立场上,非虚构能否信守它的初衷,秉持'人民大地'的立场,真正回到社会现场和问题域,坚守写作的诗性正义"。③

尽管大多数论者都对非虚构写作的现实面向表示赞赏,但也有学者对此持不同观点。如李丹梦认为,以《人民文学》刊发的一系列非虚构作品为代表的"中国叙事",其实是"意识形态、知识分子、大众在文学领域的一次成功合作",《人民文学》作为"国刊"重新起到了对文坛的干预和引领作用,知识分子重建了自身的启蒙身份,大众读者则带着热情品读了纪实大餐。④ 又如林秀琴更具体地回到"底层能不能表

---

① 李云雷:《我们能否理解这个世界——"非虚构"与文学的可能性》,《文艺争鸣》2011年第2期。
② 吕永林:《非虚构写作的"特权"与"创意"》,《雨花》2015年第22期。
③ 叶祝弟:《缘起:非虚构写作五问》,《探索与争鸣》2021年第8期。
④ 李丹梦:《"非虚构"之"非"》,《小说评论》2013年第3期。

述""底层能否被表述"的老问题上，进一步追问：一种统一有序的具有公共性与普遍性的声音是否可能？① 林秀琴认为这种从个体经验出发寻求公共经验的叙事机制存在问题。李丹梦从非虚构参与者的动机、林秀琴从此类叙事机制通向公共经验可能性方面发出的质疑，尽管看似有所苛责，但确实指出了研究者、写作者未来所需注意的问题。

第二个方面，是与内容相关的写作形式层面的探讨。一些评论者虽然也看好非虚构写作在现实面向上的成就，但对其在书写形式层面的不足有所批评。刘卓认为，就当前非虚构写作来看，这种新闻化、人文化的描述方式，导致文本结构越来越松散、分析力减弱而情感表达被凸显。② 刘卓的批评显然还是在文学之外，仅仅指出非虚构作为一种直面现实问题的写作方式，因文本结构的松散而导致自身分析能力、批判能力不足。有学者进一步就非虚构作为文学写作在书写形式上的不足表示不满。其中较有代表性的如洪治纲，他认为，非虚构写作对题材的倚重并不意味着其一定会在写作技巧、叙事艺术层面有所忽略，但实际的情况却是"非虚构作品在建构'有意味的形式'时，特别是在文本的结构、视角、语调、轻重处理等方面，显然缺乏各种富有独创意味的变化"，"这些作品无疑体现出一种反自律性的倾向，即反抗并拆解有关文学自律性范式的开放性写作"。③ 洪治纲更进一步指出非虚构写作在文学层面的反自律性表现：其一是作家主体在叙事中的主导性位置，破坏了作品叙事的独立性和自主性；其二是碎片化的结构特征；其三是人物形象的剪影化倾向。研究者指出的这些问题，确实是非虚构写作偏重内容、侧重选题而轻视形式造成的某种意义上的"审美性"不足。不过，从另一层面来看，非虚构的审美问题又是一个值得探讨的新问题。

非虚构写作中，审美问题是否最重要？有学者认为，"在非虚构写

① 林秀琴：《"非虚构"写作：个体经验与公共经验的困窘》，《江西社会科学》2013 年第 11 期。

② 刘卓：《"非虚构"写作的特征及局限》，《文艺理论与批评》2018 年第 1 期。

③ 洪治纲：《论非虚构写作的反自律性及其局限》，《文艺理论研究》2020 年第 5 期。

作中，尤其是在社会问题书写或危机叙事类的非虚构写作中，清晰、深切、有力地呈现事实本身才是其根本任务，作品的创作与诞生，首先是为了各方在具体实践的维度上建立及时、有效的连接"①。还有学者尝试在非虚构写作特性的基础上进一步探讨非虚构特殊的美学原则。如李云雷在新世纪非虚构潮流发端期就谈道，非虚构在美学上的创造性就在于对既有标准的颠覆，从而使以往无法被纳入"文学"表现范围的经验、故事与情感，在一种新的"文学"范式中可以得到充分表达，从而创造出我们这个时代的"心灵形式"，创造出真正意义上的"当代文学"，以及美学的"当代性"。② 李云雷2011年提出的这一问题很具有前瞻性，但还只是一种期待意义上的提法。2021年，梁鸿再次探讨非虚构文学的审美特征问题，从非虚构文学的"社会性面向"与"跨学科的融通"方面着眼，认为非虚构文学"扩张了文学边界，人类学、社会学、口述历史、新闻调查，等等，不同学科的形式在这里都可以得到新的使用，并最终构成新的文学结构和审美维度"。③ 以上几位论者都尝试言说非虚构写作在审美维度的新特性，但言说的侧重点多在于非虚构与外部世界的连接，作为一种独特的写作方式，其内部"新的美学原则"是否已经显露出一些特质，或者有哪些可以开拓的方向，是有待开掘的一个研究方向。

第三个方面，是对非虚构概念的探讨。《人民文学》在开设"非虚构"栏目时，并未做出概念的界定，而是以一种非常开放的姿态探索"非虚构"的可能性。如此，具有开放性的姿态使"非虚构"真正变为一个"乾坤袋"，只要以"真实性"为原则的写作都可纳入其中。但任何一个概念进入公共讨论空间都仰赖于其内涵与外延的廓清，因此，不少学者尝试对非虚构的概念进行理论界定。由于"非虚构"一词的指

① 吕永林：《非虚构：一种写作方式的抱负与解放》，《上海文学》2019年第7期。
② 李云雷：《我们能否理解这个世界——"非虚构"与文学的可能性》，《当代文坛》2011年第2期。
③ 梁鸿：《非虚构文学的审美特征和主体间性》，《中国现代文学研究丛刊》2021年第7期。

向过于宽泛，文学领域研究者对其进行探讨时通常进一步将其界定为非虚构写作或非虚构文学。冯骥才谈到非虚构写作与非虚构文学的关系，认为非虚构文学只是非虚构写作的一个组成部分，而后者还是一个未厘清的概念。① 张文东较早地提出"叙事策略说"，认为"非虚构是一种创新的叙事策略或模式，这种写作在模糊了文学（小说）与历史、记实之间界限的意义上，生成了一种具有'中间性'的新的叙事方式"。② 林秀琴也将非虚构写作视为一种叙述策略。③ 持相似观点的还有洪治纲，他提出"写作姿态说"，认为"非虚构"与其说是一种文体概念，还不如说是一种写作姿态，是作家面对历史或现实的介入性写作姿态。④ 不论是"叙事策略"还是"写作姿态"，都很难概括非虚构写作或非虚构文学的全貌。也有论者尝试为非虚构文学下定义，比如王光利认为，非虚构文学是一种建立在真实性基础上，以"在场式"体验为旨归的文学形式。⑤ 但这一简单的定义显然不够周密，比如，按此定义，那些非在场式的历史类非虚构写作便被排除在外了，而此类作品恰恰是非虚构文学的重要组成部分。对一个仍处在变动中的概念下一个妥当而周全的定义确实不易，这一项工作还需学界随着非虚构自身的伸展而继续追踪观察。

与非虚构概念探讨相关的另一个重要问题，即非虚构与报告文学的关系。《人民文学》虽然未给出非虚构的概念，却在一开始就将报告文学排除在非虚构范畴之外，从而引发了非虚构与报告文学之争，但二者间的缠斗更多来自"称谓"。就其实际来看，二者并非水火不容之关系，就如许道军所指出，"非虚构写作与虚构文学、报告文学、纪实文学并不存在必然和天然的对立，实际上它们能够也需要取长补短、相互

① 冯骥才：《非虚构写作与非虚构文学》，《当代文坛》2019 年第 2 期。
② 张文东：《"非虚构"写作：新的文学可能性？——从〈人民文学〉的"非虚构"说起》，《文艺争鸣》2011 年第 3 期。
③ 林秀琴：《"非虚构"写作：个体经验与公共经验的困窘》，《江西社会科学》2013 年第 11 期。
④ 洪治纲：《论非虚构写作》，《文学评论》2016 年第 3 期。
⑤ 王光利：《非虚构写作及其审美特征研究》，《江苏社会科学》2017 年第 4 期。

学习，共同应对当下中国真实性诉求问题"①。近年来，一些报告文学研究学者如丁晓原、王晖、刘浏等，都在非虚构潮流下重新梳理报告文学的内涵，将非虚构视作包括报告文学在内的一种文类概念，提出"非虚构性""叙事性""文学性"的报告文学"新三性"。② 以上这些研究体现出一种趋势，即报告文学与非虚构从最开始的争斗转向良性互动：作为一种写作方式，报告文学同样是一种非虚构写作；作为一个文类，非虚构自然包含报告文学文体。将报告文学纳入非虚构之中，构建中国非虚构话语体系，应是未来非虚构的发展之道。

第四个方面，是老生常谈的"真实性"（"非虚构性"）问题。由于非虚构这一写作方式的特性，真实性（非虚构性）是一旦涉及这一话题就必须要谈的问题。在 20 世纪关于报告文学的讨论中，曾有"并非真人真事"的奥维奇金式特写观念和徐迟的"略有虚构论"，对"报告文学必须写真实"的观念造成了影响。新世纪经《人民文学》掀起的新一轮非虚构浪潮中，真实性（非虚构性）也是被首先讨论的话题。李敬泽在谈到非虚构的真实性问题时认为，"我看也不会是全'非'，全'非'了无法构成叙事，这里有一个边界的问题"③，在实践操作上无法完成"全非"，而作为一种特殊的写作方式又必须秉持真实性（非虚构性）原则，那么，这个"边界"就变成了写作者需要自行恪守的写作伦理，对于作者与读者之间的关系而言，也形成一种关于"真实"的契约关系，"一种发生于作者和读者之间的有关'文本即事实'的约定"④。接下来的问题是，即便作者自身恪守有关真实的写作伦理，但就如海登·怀特指出的那样，在对历史的叙述中并不存在绝对的历史之真。在非虚构写作中，有关真实性的讨论也转向了写作中的主体真实与个人真实。作为非虚构创作者同时也是研究者的梁鸿认为，"非虚构文

---

① 许道军：《非虚构写作的兴起、假想敌与对立面》，《当代文坛》2019 年第 4 期。
② 丁晓原：《报告文学，作为叙事性非虚构写作方式》，《文艺理论研究》2020 年第 3 期。
③ 李敬泽：《关于非虚构答陈竞》，《杉乡文学》2011 年第 6 期。
④ 吕永林：《非虚构写作的弹药和阵地》，《文艺评论》2017 年第 5 期。

学的现实/真实是一种主观的现实/真实，并非客观的社会学的现实/真实，它具有个人性，也是一种有限度的现实/真实"①。洪治纲也发表了类似的观点："表面上它们全力呈现的都是各种事实，但实质上，这些事实均是作家所见所闻之后的观念之推销，也就是说，是经过创作主体的情感和思想过滤并携带既定观念的'事实'。"② 这种主观的、个体性的真实，虽然带有一定的相对性和折中色彩，却是到目前为止经创作者、研究者们深入实践、讨论之后得出的一种被较为广泛认同的非虚构写作真实观。

第五个方面，是非虚构与创意写作的关系研究。王雷雷指出了创意写作与非虚构写作的共生性。③ 许道军进一步指出美国创意系统的创生与发展"在作家、作品、技法、审美趣味等各方面，均为美国非虚构写作的兴起做了准备"，同时指出非虚构写作在中国的兴起也伴随着创意写作因素，"全国高校将非虚构写作纳入创意写作课程体系，非虚构写作在学术科目意义上被创意写作接纳，并在写作技法上与后者建立了联系"。④ 美国创意写作与非虚构写作在高校写作教育中的融合已经有了较长的历史，美国非虚构作家、研究者李·古特金德（Lee Gutkind）在《保持真实——关于创意非虚构你所需知道的一切》（*Keep It Real：Everything You Need to Know About Researching and Writing Creative Nonfiction*，2009）中谈到，他在 20 世纪 70 年代开始使用"创意非虚构"（Creative Nonfiction）这一术语来指称叙事性非虚构写作范畴，但这一术语真正为官方所采用，是在 1983 年美国国家艺术基金会（National Endowment for the Arts）召开的一次会议上。基金会当时虽然已经意识到叙事性非虚构写作的艺术特质，但始终找不到一个合适的名

---

① 梁鸿：《改革开放文学四十年：非虚构文学的兴起及辨析》，《江苏社会科学》2018 年第 5 期。

② 洪治纲：《非虚构写作中的事实与观念》，《探索与争鸣》2021 年第 8 期。

③ 王雷雷：《创意写作与非虚构写作的共生》，《世界华文创意写作大会论文集》，2015 年。

④ 许道军：《非虚构写作的兴起、假想敌与对立面》，《当代文坛》2019 年第 4 期。

称来涵盖这一类别,最终采用了李·古特金德提出的"创意非虚构"这一概念。近年来,也有一些中国学者开始关注并使用"创意非虚构"(刘金龙,2020)或"创意性非虚构"(刘蒙之,2020)这一概念,但都没有将这一概念放在创意写作视野下进行使用,没有充分注意到李·古特金德提出这一概念时的创意写作背景。随着创意写作在中国的发展,近年来国内引进了越来越多关于非虚构写作的指南类书籍,如杰克·哈特的《故事技巧:叙事性非虚构文学写作指南》、威廉·津瑟的《写作法宝:非虚构写作指南》、雪莉·艾利斯主编的《开始写吧!:非虚构文学创作》、马克·克雷默和温迪·考尔主编的《哈佛非虚构写作课:怎样讲好一个故事》、特雷西·基德尔与理查德·托德合著的《非虚构的艺术》等。这些国外关于非虚构写作的译著对中国语境中非虚构写作与创意写作的融合起到了很好的推动作用,不论是研究层面还是写作技法层面。

值得注意的是,创意写作在中国的发展目前还多集中于校园,社会化的创意写作教育暂未广泛铺开,但也有一些非专业写作者通过简单的写作培训创作出非虚构自我书写的作品,有学者将这类写作称为"平民非虚构写作"。任雅玲对平民非虚构作品的含义做过一个勾勒,指出"平民非虚构作品是普通百姓以亲历者身份描述的其在大历史背景下原生态的个人生活记忆"①。张爱玲、韩慧萍以姜淑梅为例,指出平民非虚构写作中自然而然的零度写作、原汁原味的民间语言及对大历史中小人物的书写三个特点,认为平民非虚构写作降低了文学写作的门槛。②创意写作教育的社会化发展与平民非虚构写作在写作教学方面的路径探索,是相关研究者下一步需要着重进行研究的领域。

目前来看,近十年来学界关于非虚构的探讨可谓众声喧哗,还处于一个开放性的建构阶段,未发展到从"放"到"收"的系统性归纳阶段。这一方面导致了非虚构讨论热潮的持续,学科涉及范围十分广阔;另一方面也导致其难以形成规范化的、系统性的研究领域。

---

① 任雅玲:《平民非虚构写作的文化建构及其反思》,《求索》2016 年第 3 期。
② 张爱玲、韩慧萍:《平民非虚构作品的原生态叙事——以姜淑梅作品为例》,《文艺评论》2016 年 3 月。

就本书所要展开研究的非虚构"打工叙事"这一对象而言，一些学者在研究中有所触及，比如李云雷、司茜将其纳入"底层叙事"框架中讨论，对这一类"非虚构底层叙事"寄予厚望①；张慧瑜在新工人文学的建构中将打工者的非虚构写作视为其重要组成部分，认为这一类写作对新工人的主体性生成具有重要意义②，但林秀认为新工人的写作并非全然出于主体表达，或者说这个主体是经知识分子启蒙的主体，包含新工人非虚构写作在内的"'新工人文艺'也是一种经过知识分子形塑的文艺"③。还有一些在打工文学、底层文学论争中未能形成统一看法的问题，在非虚构"打工叙事"中再次显现，如林秀琴指出的非虚构写作中从个体经验到公共经验转换的困境，是"底层能否自我表述""如何表述底层"这些问题的再次回响。作为新世纪非虚构写作潮流中的重要组成部分，非虚构"打工叙事"的研究还未得到充分重视，在诸如写作者主体性、文本特性、美学特征及与创意写作的融合等方面都具有很大的开掘空间。

第三节　研究方法、研究目的与主要内容

一、研究方法

本书采用的研究方法主要有以下几种。

（1）文本细读法。对于文学文本的研究脱离不了文本细读，无论

---

① 李云雷：《我们能否理解这个世界——"非虚构"与文学的可能性》，《当代文坛》2011年第2期。

② 参见张慧瑜：《另一种文化书写：新工人文学的意义》，《文艺评论》2018年第6期；张慧瑜：《在"别人的森林"里创造新工人文学》，《创作评谭》2021年第2期。

③ 林秀：《文化与行动："新工人文艺"话语的知识光谱》，《创作评谭》2021年第2期。

是借用福柯的规训理论、居伊·德波的景观学说，还是其他理论观点，这一切都是建立在对非虚构"打工叙事"作品细读的基础之上。只有通过细读，才能准确把握新世纪"打工叙事"作品中新的叙事模式、新的文化诉求与新的美学萌芽等方面的特点。

（2）比较研究法。在研究过程中，本书将比较研究法贯穿始终，包括中美非虚构文学的比较研究，非虚构文学文本与虚构类文学文本的比较研究，打工文学与新工人文学写作主体和文本内涵的比较研究，非虚构"打工叙事"中不同写作主体的身份比较研究，等等。在种种比较研究过程中，明确新世纪非虚构"打工叙事"的特殊性、重要性，以及未来的更大可能性。

（3）媒介研究方法。打工文学及新工人文学，作为长期盘桓在主流之外的文学现象，其作品的传播具有一定特殊性。对于前者而言，最初的传播载体多是文学内刊或者地方级小型文学期刊；对于后者而言，随着互联网这一新型媒介的普及化，创作者能够更加便利地传播个人作品，在网络上引发轰动效应。对于这一传播现象，本书将以相关理论学说为参照，展开对新世纪非虚构"打工叙事"的媒介研究。

（4）社会历史研究法。社会历史研究法是指从社会历史的发展背景来解释文学活动。文学书写与社会历史有着强烈的互动关系，对于非虚构写作这类直接面向现实的书写方式来说更是如此。非虚构"打工叙事"作品直接指向打工者所面对的社会现实，受社会现实影响，同时也反作用于社会现实。本书将着重关注非虚构"打工叙事"与社会文化的互动关系，揭示非虚构"打工叙事"与打工者文化身份变动和主体性生成之间的密切关系。

二、研究目的

本书的写作目的是通过对新世纪非虚构"打工叙事"这一新文学现象的梳理与解读，更好地把握打工文学、底层文学及新工人文学在非虚构写作潮流中新的发展动向，同时为非虚构这一"舶来品"的进一步中国化探明一条路径，其中包括以下几个可能的创新点。

（1）分析"打工者""工人""新工人作家"这些文化身份，揭示新世纪非虚构"打工叙事"在写作主体层面对打工文学的超越价值。同时指出，新工人作家在实现自我身份构建的过程中，也在面对"规训"及做出"抗拒规训"的努力。

（2）尝试分析新世纪非虚构"打工叙事"在内容层面的景观化特征。在非虚构"打工叙事"的非虚构形式之下，常常隐含着非虚构与虚构的二元对立，以非虚构特性掩盖虚构景观，本书尝试借用德波的景观学说对这些特征予以揭示。

（3）提出创意写作与新工人文学在非虚构"打工叙事"层面连接的路径与方法。新世纪非虚构"打工叙事"呈现出新工人文学在写作主体建构、美学追求方面的努力，但仍存有种种不足。创意写作在理念层面（全民写作）、组织层面（写作工坊）和教学层面的优势，能够切实推动新工人文学在文化共同体、非虚构写作水平等方面的提升。

三、主要内容

本书的主要研究内容如下。

以新世纪非虚构"打工叙事"为研究对象，在导言部分通过对与"打工叙事"相关的"打工文学""底层文学""新工人文学"等概念的辨析，对研究对象做出概念界定，梳理国内外相关研究情况，提出研究目的、研究方法与可能的创新之处。

本书第一章对"打工叙事"在新世纪文学中的发展状况做了梳理，指出非虚构"打工叙事"作为新工人文学的重要构成，使新工人文学相较于之前的打工文学在书写形式层面更能切近打工者自身经验，突破了打工文学自身的发展悖论，发展为打工文学的"高级形态"。此外，在知识分子作家进行的非虚构"打工叙事"中，与以往底层文学以虚构写作方式对打工者故事进行想象性建构不同，知识分子作家以"行动者"的姿态在物理空间和心灵空间上都尽力接近书写对象，尽可能地减轻了事实本相与作品传达间的损耗。由此，打工文学、底层文学、新工人文学通过新工人作家、知识分子作家两类写作者，以非虚构写作形式实现了自身的新发展。

第二章考察新世纪非虚构"打工叙事"的写作形式对中国报告文学传统与西方非虚构写作的双重传承和突破。对于中国传统报告文学而言，继承之处更多在于工人阶级苦难叙事、文学创作大众化和知识分子"载道"书写传统；于西方非虚构写作而言，借鉴的更多是非虚构创作理念、叙述技巧，以及非虚构写作融入创意写作教育教学体系的发展经验。报告文学传统与西方非虚构写作理念、方法在交汇过程中产生了冲突，但渐渐又有融汇的倾向，新世纪非虚构"打工叙事"批判性地继承了二者的优长之处，打开了自身发展的新局面。

第三章从新世纪非虚构"打工叙事"的写作主体方面入手，探究创作主体身份的形成及由于主体身份差异而呈现的创作差异。在新世纪非虚构"打工叙事"的两类写作者中，新工人作家由最初身心受到"限制"的作为农民的"打工者"，逐步生成"工人"意识，进而通过非虚构写作觉醒为具有自我言说能力的写作主体，但他们依旧是在与种种规训力量的相互制衡中前行。不同立场的知识分子作家则以"代言"方式借由非虚构"打工叙事"叙说各自内心的理想图景，将非虚构"打工叙事"变为观点交锋的"文化战场"。

第四章从文本内容出发，分析新世纪非虚构"打工叙事"作品中的场景书写，进一步探讨非虚构写作的真实观问题。借用德波的景观学说指出非虚构"打工叙事"中场景书写的景观化现象，写作者基于主观意图以文字编码方式将现实场景景观化处理，所形成的主观真实其实包含着真实与虚构的二元对立，进而指向"景观化"与"非虚构性"的对立统一关系，要求写作者更为自觉地应对创作中的景观化问题。

第五章分析非虚构"打工叙事"的精神诉求，知识分子作家以写作行动将知识、现实与非虚构写作实践相结合，观照中国当下城乡问题；新工人作家以非虚构"打工叙事"为载体，建设具有自身主体性的新工人文化；关于非虚构"打工叙事"的美学追求，以内容层面的真实之美为本，借由叙述形式与技巧增强审美性，发展出一种以"平实美"为特色的审美品格。

在结语部分，本书对新世纪非虚构"打工叙事"作品叙事能力不足、可读性有待提升，以及打工者在非虚构创作上的普及与提高等问题做出反思，并在创意写作视野下对新世纪非虚构"打工叙事"的未来发展做出探讨，期待创意写作教育能与非虚构"打工叙事"实现更好的融合。

第一章

新世纪『打工叙事』：从『打工文学』到『新工人文学』

对于占有较少社会组织、文化资源的个体和群体而言，在公共场域发出自己的声音并非易事，这并不是说他们没有发声，而是这种发声是否是他们真正的声音，又能否真正被听见。因此，后殖民理论研究学者斯皮瓦克始终关注并追问一个问题："底层人"能说话吗？[①] 这也是我们关注从打工文学到新工人文学历史变迁时聚焦的一个核心问题。

从发端于20世纪80年代的打工文学，到新世纪之初的底层文学，再到近年来渐为评论界所关注的新工人文学，作为底层的打工者能否真正开口说自己想说的话，始终是谈论的一个焦点。即便在"说话"如此便捷、发声渠道如此多样化的今天，打工者能否突破"知识暴力"，拨开主流意识形态规训的重重迷雾和脱离资本的裹挟真正发出自己的声音？同时，发声的方式也是我们关注的问题，从以虚构写作为主的打工文学到青睐非虚构写作的新工人文学，写作形式的哪些特性得到了凸显？这些特性又如何反过来塑造了写作主体？此外，知识分子作家借用的非虚构写作形式在其中扮演着何种角色？带着这些问题，我们来梳理三十余年来打工者以文学形式"发声"的历史。

第一节　打工文学的"纯文学化"与自身悖论

一、打工文学的兴起与流变

根据打工文学研究者杨宏海的说法，"打工文学"萌芽于1984年左

---

① 佳亚特里·斯皮瓦克：《底层人能说话么？》，载陈永国、赖立里、郭英剑主编《从解构到全球化批判：斯皮瓦克读本》，北京大学出版社，2007，第95页。

右，最初由深圳《特区文学》刊发一些"反映临时工生活的作品"。①
作为改革开放的"桥头堡"，深圳特区的先行发展带来了充足的经济活力，吸引着无数外来"淘金者"踏上这片热土，形成了一个全新的、体量巨大的社会群体——打工者。在杨宏海的叙述中，我们仍可以看到彼时对这一群体的一些特别称谓，如"外来临时工""打工仔""打工妹"等，这些称谓与体制内（或国有企业）的本地的工人、正式工形成对照，显现出在打工潮形成之初这一群体面对的社会权利保障缺失。与社会权利保障缺失相应的还有打工者的文化生活缺失，在完成了繁重的工作任务后，打工者缺少消磨业余时间的方式，渴望寻找能够使自身产生共鸣的文化产品。反映打工生活的文学作品慢慢地从打工者群体自身中产生，也最先受到打工者群体自身的欢迎。

打工者林坚于 1984 年发表在《特区文学》的小说《深夜，海边有一个人》被视作最早的打工文学作品。小说表现了第一代打工者由乡村初入城市时所面对的内心纠葛，反映出打工者普遍的苦闷与无所适从感。在林坚之后，张伟明发表了《我们 INT》《下一站》，前者依旧表现打工者与城市的"INT"（接触不良）状态，后者虽然以潇洒的姿态"炒老板的鱿鱼"，去探索打工生涯的"下一站"，但背后潜藏的其实是一种无奈的潇洒：打工者的基本权利、人格尊严得不到保障，只能故作"潇洒"去"下一站"寻求机会，但"下一站"是否好过"这一站"，只能依靠运气，而不是应有的权利保障。

打工文学初期作品大都指向打工生活中的个体境遇，外在展现为劳资矛盾，内在表现对城市生活的游离感，林坚、周崇贤两位代表性打工作家的小说题目正是对这一时期打工文学表现内容和内蕴的恰当概括——别人的城市、漫无依泊。这一阶段的打工文学作品虽然质地稍显粗粝，内在思想蕴含也并不深刻、鲜明，但确实是打工者未经规训的发于本心的自我表达。而到了杨宏海所谓的"真正让'打工文学'发生

---

① 杨宏海：《一种新的特区文化现象：打工文学》，《特区实践与理论》1992 年第 5 期。

广泛影响的"① 作家安子出场时,打工文学呈现出另一重样貌。

原名安丽娇的打工作家安子 17 岁便来到深圳,在打工之余坚持自我深造,并利用业余时间进行文学创作。1991 年,安子以连载形式发表了长篇纪实文学《青春驿站》,并引起轰动。与林坚、张伟明等打工文学前期作家那种身份焦虑与无所适从不同,安子一出场就带有强烈的励志姿态,她不再是游离于深圳的异乡人,而是勇敢的都市寻梦者。"每个人都有做太阳的机会"是安子最具标志性的一句口号,这一带有成功学色彩的激励性话语及安子自身的奋斗经历,使她的故事赢得了众多读者,也使得打工文学产生了更为广泛的影响力。

虽然打工文学的影响力在安子这里得以提升,但其作品的底色与倾向性同林坚、张伟明等人有显著差别,其中的缘由,大概正如杨宏海强调的,"到了 1986 年前后,深圳才有较为明显地将打工者生活作为一个社会群体的生活去反映的文学意识"②。政府部门有意识地介入、引领打工文学的创作,举办"特区十周年大鹏文艺奖",策划出版"打工文学系列丛书"等活动,将打工文学在发展初期带有的"对抗性质"成功转化为以"安子现象"为代表的奋斗、拼搏的励志性话语。

来自主流意识形态的规训,使得安子的"都市寻梦"式作品备受推崇,从而将打工文学顺利编织进深圳特区崛起的主流叙事中。对安子个人来讲,她成功地完成了从打工者到作家再到企业家的华丽蜕变,实现了个人的"深圳梦"。除安子外的其他几位早期打工作家,也都凭借打工文学带来的声誉入职政府文化部门,或转型从商。

随着市场经济体制的确立,出版业也在市场化风潮中出现了逐利倾向。书商们看中了前期打工文学的社会影响力,利用"打工文学"的招牌炮制出一些带有暴力、色情、凶杀元素的通俗作品,使得打工文学逐步沦落为"地摊文学"。在主流意识形态和市场化大潮的双重规训

---

① 杨宏海:《"打工文学"的历史记忆》,《南方文坛》2013 年第 2 期。
② 杨宏海:《一种新的特区文化现象:打工文学》,《特区实践与理论》1992 年第 5 期。

下，打工文学变得鸡汤化和地摊化，其产生初期的那种来自本心的呐喊已难得一见，这也标志着打工文学在 20 世纪 90 年代中期走完了它的第一个发展阶段。

二、"后打工文学"的双重悖论

打工文学声浪再起，是在新世纪之后，不同于 20 世纪末打工文学的粗粝化情感抒发、鸡汤化励志书写、传奇化通俗倾向等特点，新世纪打工文学呈现出向主流文学审美靠拢的纯文学色彩，有评论家以此特点称之为"后打工文学"①。

从打工文学向后打工文学转变，有如前所述的主流意识形态、资本市场规训的原因，但更多是社会文化和文学生产机制变化带来的结果。从 20 世纪 80 年代中期到新世纪之初，《大鹏湾》《佛山文艺》《江门文艺》等刊物曾经作为打工文学主阵地，受到打工者的认可，并成为很多打工作家的栖息地。随着改革开放的持续深化，二十年间社会经济、文化都发生了较大转变，打工者年龄层次、受教育程度、个人趣味也随之改变，并呈现出多样性特点，曾经较具整体性的"打工仔""打工妹"群体已不复存在。打工者，尤其是新生代打工者的文化消费也变得多样化，在网络更为普及之后，打工文学读物已不再是他们的首选。

读者群体的缩减迫使曾经红极一时的打工文学期刊纷纷转型，或由于出版规范和销量下滑而永久停刊。面对这样的现实，曾经的打工文学作家要么离开文学，继续打工生涯，要么跟随市场风潮加入网络文学大军。在这两个选择之外，还有一条更为"艰难"的道路，那就是转向"纯文学"创作以求被主流文学界接纳。在这条道路上，王十月的转型可以算作一个成功案例。

1972 年出生的王十月，自 20 世纪 90 年代初离开老家湖北石首外出打工。与其他打工文学作家一样，王十月也曾辗转多地，从事过多个工

---

① 李杨：《底层如何说话——"文学性"镜像中的"后打工文学"》，《天津社会科学》2020 年第 6 期。

种，因为热爱并坚持文学创作，终于在 2000 年因比较偶然的机遇成为打工文学名刊《大鹏湾》的编辑。由打工者成为杂志编辑，给王十月带来的不仅仅是工作内容的改变，更是身份及社会地位的转变。"当编辑让我获得了前所未有的尊重，让我经常觉得自己还是个人。这种被人尊重的感觉真好。"①

在《大鹏湾》工作了四年，王十月又因为这份刊物的永久性停刊而失去了工作。在接下来的三年（2004—2007）里，王十月把自己关在出租屋里潜心读书写作，其作品慢慢在全国具有影响力的名刊展露，并最终以中篇小说《国家订单》获得鲁迅文学奖这一中国具有最高荣誉的文学奖项之一。

在王十月早期短篇小说《出租屋里的磨刀声》（《作品》2001 年第 6 期）中，我们能够清晰地感受到作品传达出的抵抗意味，作者有着明显的立场及明确的对立面，与此前常见的打工文学作品内蕴相差无几。但到了中篇小说《国家订单》中，那种较为明确的立场被隐匿了，取而代之的是站在更高的位置看待错综复杂的政治、经济结构与每一个人的艰难处境。出现这种变化，可以视为一个作家随年龄增长而显示出的思想深度，但也与其创作成长道路上"伯乐"的指点密不可分。

王十月曾谈到与李敬泽的交往，李敬泽在《人民文学》2006 年第 4—6 期上连续刊发王十月的散文，后来又鼓励他以散文的素材来写中篇小说。得到鼓励的王十月用两年时间专门写中篇小说，却没有一篇被李敬泽看中。在其后的交流中，李敬泽点出王十月的问题所在："你写得太简单了。"② 之后，王十月便有了豁然开朗之感，创作出的中篇小说《国家订单》获得了李敬泽的好评，并被刊发在《人民文学》杂志上。李敬泽的点拨让王十月豁然开朗，从而有了更让人欣赏的"看问题的方式"，这种方式超越了一个打工写作者"简单"的呐喊与控诉，以更为开阔的政治、经济视野重新看待打工者的问题。此时的王十月，已

---

① 王十月：《我是我的陷阱》，《天涯》2010 年第 1 期。
② 王十月、高方方：《为都市隐匿者作证——对话王十月》，《百家评论》2013 年第 3 期。

经不再是那个"磨刀"的打工文学作家，而是已转变为一位怀着人道主义立场的知识分子作家，也因此更为主流文学界所接纳。

获得文学界的嘉奖之后，王十月入职了知名文学杂志社，依靠个人写作成就，在主流文学界逐步赢得了一席之地。依靠个人努力改变命运，过上更加稳定的生活，从来都是值得肯定的事，依靠文学上的成就亦是如此。就如王十月曾坦言："打工近二十年，我一直努力做的一件事，就是脱离打工阶级，努力融入身处的城市。"① 我们无法要求打工文学作家如圣徒一样永远埋身于底层，但其中似乎存在着"打工"与"文学"的悖论：打工文学作家如果因文学成就而获得更好的机遇，那么他必将远离打工生活，不再作为一个打工作家；如果他执着于打工生活，繁重的工作和巨大的生活压力又将压抑他的创作。如果沿着这个悖论继续深入下去，我们又将看到另一重悖论：打工作家们获得"更好的机遇"的缘由，是他们的作品获得了主流文学的认可，但也同时表明，他们在"脱离打工阶级"之前，写作的预设对象就已不再是普通打工者，而是朝着主流文学界召唤的方向而去的。这些悖论，导致打工文学难以长久、稳定地发展下去。

与打工文学在新世纪声浪再起相伴的是另一股"底层文学"潮流，其特点表现为知识分子和专业作家以底层人、底层生活为书写对象。如果从宏观角度来看，底层文学与打工文学同为对社会底层群体进行文学书写的潮流，区别在于创作主体的身份有所不同，而创作主体的身份这一问题恰是围绕底层文学争论的一个核心议题。争论的焦点在于，作为底层文学写作主体的知识分子、专业作家能否真正代表底层，发出底层真实的声音。底层文学研究者李云雷曾提出一个有意味的现象：打工文学作品更多体现个人意识与个人奋斗理想，较少表现群体意识与阶级意识，底层文学中的群体意识、阶级意识则比较明显。② 李云雷将这一现象归因为知识分子看待其他阶层时具有的整体性视野与对作品思想、艺

---

① 王十月：《我是我的陷阱》，《天涯》2010 年第 1 期。
② 李云雷：《新世纪"底层文学"与中国故事》，中山大学出版社，2014，第 32 页。

术上的总体性把握,打工者由于"身在此山中"则更注重阶层内部的个体差异性与个人经验表达。

李云雷指出的这一现象其实透射出底层文学创作的矛盾性所在,但他对于原因的归结又有些避重就轻。知识分子和专业作家们相较于打工作者无疑有着更为丰厚的知识储备和对社会问题的深度思考能力,同时秉持着"社会良心"的自我认知投身到社会公共事务中去,但也正因这种知识的自信和高度热情,使得底层文学作家往往陷入一种对底层的概念化演绎中——将底层视为稳固的整体性存在,进而召唤他们的群体性或阶级性。然而,底层实则是一个边界不明且充满变动性的群体,群体内部的每一个个体都是鲜活多姿的存在,如果底层总是作为整体性的"他者"被表述,那么,底层可能始终是一个面目模糊的,被想象、被构建的群体。

第二节 从打工文学到新工人文学

一、"农民工"与"新工人"

打工文学背后创作者主体性的缺失,导致打工文学在官方意识形态、市场化风潮、主流文坛收编等多重力量制导下逐步走向衰落。打工文学相关讨论的声浪渐弱之后,关于"新工人文学"的讨论又在近年来慢慢成为热点。值得注意的是,新工人文学的写作者、书写对象与此前打工文学的写作者、书写对象都为"打工者",所不同的是,"打工者"在时代发展进程中展现出了不同面貌及新的诉求:从内在诉求来看,作为新一代城市移民,新工人以城市主人的身份要求享有公民主体权利;从组织形态来看,新工人形成了自己的民间组织,并逐渐发展出自身主体性文化;从文学形式来看,新工人的文学表达体现出对非虚构这一新写作形式的侧重,更切近打工者的自身经验和主体诉求;从传播方式来看,新工人文学借助新媒体平台扩大了自身阵地和影响力。就这些方面而言,从打工文学到新工人文学,可视作打工者文学创作从"初级形态"到"高级形态"的演变。

"新工人文学"的命名源自"新工人"对"农民工"这一称谓的替代。从改革开放到市场经济体制的确立,我国进城务工者数量不断攀升,进入新世纪之后,这一群体人数已经突破一亿,但由于制度保障的滞后,打工者的社会权益难以得到保障,面临着被收容、遣送的危险。2003 年,孙志刚事件引发社会广泛关注,在社会舆论压力下,收容制度终于被取消,打工者基本权益和尊严有了一定保障。但"农民工"这一被广泛应用的称谓本身仍带有一定的歧视性意味,也阻碍着这一群体自身的文化身份构建。同时,自新世纪第二个十年以来,新一代打工者与前代打工者的诉求已有较大差别,在这一状况下,"新工人"的新命名有内在、外在的双重合理性。

在社会学研究者吕途看来,"新工人是工作和生活在城市而户籍在农村的打工群体"①。相对于以往国企老工人而言,这一群体并不享有相应福利和社会保障,但他们确实又是在城市工作的新兴产业工人。相对于以往沿用的"农民工"这一称谓,"新工人"着重强调了这一群体的工人身份,从"漫无依泊"、寄居于"别人的城市"的城市异乡人,慢慢拥有城市主人的主体身份意识,争取应有的劳动者权利,构建新工人主体性文化。

新工人文化包含多种文艺形式,如戏剧、音乐、绘画等,但相对而言,文学书写形式入门"门槛"和实践成本较低,易为打工者所接受,成为新工人文化体系中重要的文艺形式。就其原因来看,主要有两点,一是义务教育的普及使得新一代打工者普遍接受过义务教育阶段的文学鉴赏和写作教育,基本能够无障碍地使用现代汉语来写作;二是互联网、智能终端设备的普及和新媒体的发展,让更多写作者得以利用文字

---

① 吕途:《中国新工人:迷失与崛起》,法律出版社,2012,"前言"第 1 页。

发出自己的声音。

从新工人文学内部来看,各类文体被重视的程度有所不同。在打工文学发展初期,小说是最重要的文体形式,涌现出林坚、张伟明、周崇贤、王十月等小说作者。至新世纪之后,打工诗歌变得尤为瞩目,郑小琼、许立志、郭金牛等"打工诗人"获得了来自主流文学圈的认可。这也是李杨所谓的由"打工文学"向"后打工文学"转变的一个标志,其显著特征便是对现代主义表现形式的借用和"文学性"的凸显。在张慧瑜看来,在创造出带有自身属性的文学表达方式之前,这种借用现代主义文学形式来进行诗歌创作的方式,像是在"别人的森林"里"发出我们自己的声音",但"与现代主义文学中出现的去历史化、去个性的抽象主体不同,新工人文学的特殊之处是用现代文学的语言讲述工人、打工者的故事,这就使得现代主义文学所表现的异化主体有了一个恰当的身份,工人就是处在现代流水线的异化劳动中的典型代表"。①

二、"别人的森林"与"自己的园地"

如果说以现代主义诗歌形式表达新工人自身,仍是无奈"借住"在"别人的森林"里,那么,2010 年之后国内兴起的非虚构写作潮流则为新工人的自我表达提供了一种更贴近自身的书写形式。非虚构写作追求在场性的个体经验表达,而打工"一手"经验恰恰是新工人最为丰富的既有资源。

《人民文学》在 2012 年第 1 期的"非虚构"栏目中刊载了郑小琼的《女工记》,编者在卷首语中写道:"郑小琼写女工们,她要把一个一个的女人从那人群中识别出来,不再被概念和总称所覆盖,而是一个一个的生命。"② 在作品的《后记》中,郑小琼回溯了这部作品的写作历程:自 2004 年写下有关女工田建英的诗后,开始萌生书写女工的计划,到 2008 年开始尝试写有关女工的组诗,却发现"这种形式并不是

---

① 张慧瑜:《在"别人的森林"里创造新工人文学》,《创作评谭》2021 年第 2 期。
② 《人民文学》2012 年第 1 期,卷首。

我所需要的"①，直到 2010 年，郑小琼才陆续把准备了六年多的素材写成作品。

郑小琼的这部《女工记》虽然刊发在"非虚构"栏目中，但它并未采用人物传记式的非虚构写作方式，而是以一首首以女工名字命名的诗歌加主题性创作手记的形式完成的。单首诗歌勾勒每一位女工的生活经历，单篇创作手记对人物的故事予以扩展，从而达到比较完整的叙事效果。这种"非虚构叙事诗"的形式既沿用了写作者擅长的诗歌和散文文体，又以现实主义风格较大程度地还原了群体背后的个体面貌、个体经历。

"个体"是郑小琼在创作这部作品时反复强调的一个词语，对女工个体生命的呈现，也是《人民文学》编者辨识出的这部作品最显著的特点。只有站在女工们之中，才能最清晰地感受到她们每一个人，才能"将这些在别人看来微不足道的小人物呈现，她们的名字，她们的故事，在她们的名字背后是一个人，不是一群人，她们是一个个具体的人，她与她之间，有着不同的故事，不同的命运"②。在准备创作《女工记》的那段时间，郑小琼拒绝了东莞市作家协会的邀请，让自己继续以打工者身份保持这种在场感。但这种在场感对于郑小琼来说并不会永久保持下去，当她不再作为一名女工时，便很难再站回到"她们"中间。

郑小琼的《女工记》可以看作以非虚构方式进行打工叙事的一次很好的尝试，但以传统纸媒为主的传播方式却无法让更多"在场"且有充足表达欲望的新工人作者发声，直到非虚构新媒体平台纷纷成立，来自新工人的非虚构书写才逐渐进入大众视野。"正午故事""谷雨""人间""地平线""南方人物周刊""单读""时尚先生""GQ 中国"八家媒体于 2015 年 10 月联合成立非虚构创作联盟，后四家是拥有纸媒刊物的老牌媒体，而前四家都是成立于 2015 年的新媒体平台。除以上八家外，国内较为知名的新媒体平台还有"ONE 实验室""中国三明

---

① 郑小琼：《女工记》，花城出版社，2012，第 255 页。
② 郑小琼：《女工记》，花城出版社，2012，第 257 页。

治""真实故事计划"等。这些平台除刊发职业写作者的稿件外,还着重发表来自普通大众写作者的非虚构作品,来自打工者的"真实故事"是后者的重要组成部分。

2017 年 4 月,育儿嫂范雨素的非虚构作品《我是范雨素》在"正午故事"发表,短时间内便获得了四百余万阅读量,并成为文化界讨论的热点话题。通过这篇"爆款"文章,范雨素居住的北京皮村及她所在的"皮村文学小组"也受到了媒体关注。文学小组的志愿者教师、学者张慧瑜将范雨素文章的突然走红视为"新工人文学对主流文化的一次'偷袭'"①。这一"偷袭"形成的效果是,以范雨素为代表的新工人作家们获得了更多的发声机会。除范雨素外,打工者李若、陈年喜都以非虚构写作形式在"人间""真实故事计划"等新媒体平台上发表了作品,并取得了不错的传播效果。

"暴得大名"后的范雨素并没有像早期打工文学作家安子一样顺势"收割流量"以获取更多现实利益,相反,范雨素非常谨慎地对待外界的关注。面对蜂拥而至的媒体,范雨素首先选择拒绝,随后有选择性地接受了其中十一家媒体的访谈,并在被采访的过程中"反向采访"这十一位记者。这一非常规的"反向采访"行为源于范雨素对平等的坚持,"因为人都是互相尊重的,他们采访了我,我也采访了他们"②。范雨素对平等的诉求并非源于成名之后,早在 2015 年 3 月 29 日皮村文学小组的一次讨论会上,她就曾谈到"艺术家与农民工是平等的","两个都应该是中性词汇",二者应是"你中有我,我中有你"的关系。③内心对平等的坚持让范雨素能够淡然面对成名带来的多种诱惑,抗拒被资本裹挟为一个被形塑的商业符号。

---

① 张慧瑜:《另一种文化书写——新工人文学的意义》,《文艺评论》2018 年第 6 期。

② 范雨素:《2017,我采访了十一个记者》,界面新闻,https://baijiahao.baidu.com/s? id=1591806153733849420&wfr=spider&for=pc,访问日期:2018 年 2 月 8 日。

③ 详见讨论会视频《范雨素:艺术家和农民工应该是平等的》,新浪视频,http://video.sina.com.cn/view/251169818.html,访问日期:2017 年 4 月 26 日。

2019 年 5 月,《新工人文学》双月刊以北京工友之家文化发展中心 (以下简称北京工友之家)、皮村文学小组内部刊物形式推出,新工人文学有了属于自己的微小阵地。正如马克·柯里指出的:"身份不在身内,那是因为身份仅存在于叙事之中。"① 从作为城市异乡人的 "农民工",到拥有城市主人意识的 "新工人",新世纪打工写作者以文学形式,尤其是以非虚构文学形式进行自我叙事,在叙事过程中建构起自我的工人身份。这种新的身份认同与主体意识,是新工人文学在创作主体方面不同以往的显著特点。

正如工友之家打工文化艺术博物馆的标语所写,"没有我们的文化,就没有我们的历史。没有我们的历史,就没有我们的将来",新工人以文学的方式建构自身文化,但在这一建构过程中仍将面对文学、文化场域中的话语博弈,面对或隐或显的种种规训,这是我们将在后文中分析的重点。

此外,与打工文学、底层文学间的关系相类似,非虚构写作潮流的兴起,也吸引了一批非打工者身份的知识分子、职业作家选择以非虚构写作方式书写新工人的打工故事,如梁鸿《出梁庄记》、张彤禾《打工女孩:从乡村到城市的变动中国》、丁燕《工厂女孩》《工厂男孩》等。在此种情况下,"代言" 的问题再次出现在对这些作品的讨论中。不过,与底层文学以小说这种虚构性文体对打工故事进行想象性构建不同,非虚构的 "打工叙事" 建立在 "非虚构性" 这一基础之上,文体特性的差别使得非打工身份的写作者必须以 "行动者" 的姿态在物理空间和心灵空间上都尽力接近书写对象,尽量减轻事实本相与作品传达间的损耗。但从另外一个层面来看,非虚构写作并不存在绝对的 "真实",写作主体自身的人生经历、情感倾向等个人情况都会导致写作中的某种遮蔽。在这一意义上,知识分子、职业作家的非虚构 "打工叙事" 恰好与新工人的写作互为参照,共同作为我们对新世纪非虚构 "打工叙事" 展开研究的重要对象。

---

① 马克·柯里:《后现代叙事理论》,宁一中译,北京大学出版社,2003,第 21 页。

第二章

源与流：新世纪非虚构『打工叙事』的传承与现状

新世纪"打工叙事"对非虚构写作形式的借用，使新工人写作者和知识分子作家都能以更切近写作对象的方式书写打工者的故事，推出非虚构"打工叙事"优秀作品。需要进一步看清的是，其所借用的非虚构写作并非无本之木、无源之水，而是在对中国报告文学传统的传承和对西方非虚构写作经验的借鉴的基础上，再经对传统的突破和对外来经验的转化发展而来。报告文学传统与西方非虚构写作理念、方法在交汇过程中产生了冲突，但渐渐又有了融汇的倾向，新世纪非虚构"打工叙事"批判性地继承了二者的优长之处，打开了自身发展的新局面。

第一节　从对中国报告文学的传承中寻找突破

讨论中国非虚构文学，绕不过积淀丰厚的报告文学传统。对新世纪非虚构"打工叙事"的源流梳理，也需要回到中国报告文学的发生、发展历程中予以探寻，明晰它所传承的精神资源，并通过对当下具体文本的分析，探讨其对这些精神资源的修订与突破。总体而言，我们可以看到新世纪非虚构"打工叙事"对中国报告文学的传承有三个较为明显的方面：一是对左翼报告文学工人阶级苦难叙事的追寻；二是对报告文学创作大众化路径的承续；三是对新时期报告文学思想解放和国家意识双重变奏传统的传扬。在此三者的基础上，又皆有新的突破。

一、追寻左翼报告文学"苦难叙事"经验

中国左翼作家联盟（以下简称"左联"）的成立对中国报告文学的发展具有决定性作用，左联成员在早期报告文学创作、理论译介和深化方面功不可没。进一步来看，由于报告文学这一文体天然带有无产阶级革命色彩，左联对报告文学的引入与运用也明确指向"有目的的揭露和鼓动",因此,中国报告文学在 20 世纪 30 年代发生后,最显著的成果就是发展出了以《包身工》为代表的一批工人阶级苦难叙事作品。

在"报告文学"这一名称正式出现之前,我国已经出现了一些带有这一文体特性的文本。[①] 但是作为一个"舶来品",报告文学的命名在 20 世纪 30 年代才得以完成。冯宪章 1930 年 2 月 10 日在《拓荒者》杂志上刊登了个人所译的日本文艺理论家川口浩的《德国的新兴文学》,首次使用了指称报告文学的日语音译"列波尔达知埃"。随后,陶晶孙 1930 年 3 月 1 日在《大众文艺》上发表了他所译的日本文艺理论家中野重治的《德国新兴文学》,并首次使用了"报告文学"一词。冯宪章、陶晶孙都是左联的重要成员,这也致使左联在寻求新的文学形式时格外注重报告文学这一富于战斗性和鼓动性的文体。

在左联的积极倡导下,报告文学创作活动渐次展开。基于文艺大众化的目的,左联借用苏联经验,展开了一系列的工农兵通信运动,想要以此来培养工农兵作家,虽然最终收效甚微,但由此催生了一批以工人生活为书写对象的报告文学作品,如苍剑《矿工手记》、杨潮《包饭作》、楼适夷《纺车的轰声》、丁玲《八月生活》等。这批作品以煤矿工人、纺织工人、印刷工人为书写对象,暴露了工人们在恶劣的工作环境和资本家强力剥削下被侮辱与被损害的悲惨生活,形成了鲜明的工人阶级苦难叙事指向。这是中国报告文学史上第一批以工人生活为书写对象的作品,随着报告文学作家们创作经验的不断积累,有代表性的成熟作品《包身工》随即出现,成为中国报告文学史上的里程碑式作品。

刊发《包身工》的《光明》编辑部在社评中赞叹此作"可称在中国的报告文学史上开创了新纪录"。周立波也在随后赞扬:"夏衍的《包身工》是今年关于产业工人的一篇材料丰富、情意真挚的报告文

---

① 在追溯报告文学文体发生史时,诸多论者将中国报告文学的发生时间前提,如张春宁认为梁启超是"我国第一位杰出的报告文学作家",《戊戌政变记》是"中国报告文学诞生的标志"。参见张春宁:《中国报告文学史稿》,群言出版社,1993,第20-27页。

学，在报告文学刚刚萌芽，工人文学非常缺乏的现在，它有双重的重大意义。"① 虽然《包身工》一经面世就被确立了"典范"地位，并在日后不断被追认为里程碑式的报告文学作品，但茅盾对《包身工》被审定为"标本"的观点不以为然。在茅盾看来，报告文学这一新生文体的路子应该更加宽泛，应"不以体式为界，而以性质为主"。在肯定报告文学"需是真实的事件"的前提下，茅盾强调了这一文体应有的艺术性追求，指出"好的'报告'须要具备小说所有的艺术上的条件——人物的刻画，环境的描写，氛围的渲染等等"，"倘使要把没有具备小说的艺术条件的论文式的'报告文学'来审定为'标本'，那就恐怕不但真会阻碍了'小说'，而且于'报告'本身也是一条死路"。② 公允地来讲，夏衍的《包身工》较之此前的报告文学作品，不论在选题、采访还是选材、书写各层面，都较好地做到了新闻性与文学性的兼顾，确实能够算得上是"新的纪录"。茅盾不满意的，是将《包身工》审定为"标本"，因为就茅盾认为的报告文学应有的艺术性而言，《包身工》离"标本"还差得远，至多算是直指社会问题的"论文式"报告文学。

　　左联最初引入报告文学所看重的鼓动、宣传性效果，尤其是对工人阶级苦难叙事的突出，使得报告文学的现实功用目的远大于审美目的，在川口浩所说的"纯然的文学"和基希所讲的"艺术文告"方面都没有做出很好的实践。左翼意识形态色彩固然是报告文学在全世界范围内产生时就带有的原色，也正是这一原色使得这一文体更有力量，成为"一种危险的文学样式"，但诚如马尔库塞所言："文学并不是因为它写的是工人阶级，写的是'革命'，因而就是革命的。文学的革命性，只有在文学关心它自身的问题，只有把它的内容转化成形式时，才是富有意义的。因此，艺术的政治潜能仅仅存在于它自身的审美之维。"③ 左

---

　　① 周立波：《一九三六年小说创作的回顾》，《周立波选集》第 6 卷，湖南人民出版社，1984，第 130 页。
　　② 茅盾：《关于"报告文学"》，《中流》1937 年第 11 期。
　　③ 赫伯特·马尔库塞：《审美之维》，李小兵译，广西师范大学出版社，2001，第191-192 页。

翼报告文学作家对工人阶级苦难叙事的突出，表现出了过强的直接政治性，报告文学也因此缺少了像马尔库塞所言的那种超越性力量。

茅盾将一经面世就被审定为“标本”的《包身工》称为“论文式”报告文学，看似苛刻，但以艺术性为标准来看是较为精到的，就像恩格斯写给敏·考茨基的信中所言：“倾向应当从场面和情节中自然而然地流露出来，而不应当特别把它指点出来；同时我认为作家不必要把他所描写的社会冲突的历史的未来的解决办法硬塞给读者。”① 茅盾在《关于“报告文学”》中指出的这一问题，此后长久困扰着报告文学的发展，不少“论文式”作品在强调真实性、批判性的情况下忽视了应有的文学性维度，甚至有作家和论者将文学性与真实性摆在对立的位置上。茅盾所强调的需要“具备小说所有的艺术上的条件”指的是报告文学与小说同样作为叙事性文体在叙述艺术上所应达到的相同水准，而非报告文学应采用小说的虚构方式，仅是叙述手法、技巧层面的共用，而非叙述内容上的编造。

新世纪非虚构“打工叙事”作品中，也广泛存在着对打工者劳动、生活之艰辛的描写，同样构成一种苦难叙事。在阶级话语逐步退出话语场后，“阶层”成为一个较为妥当的替代性词语，新世纪新工人阶层的苦难叙事对 20 世纪 30 年代左翼报告文学工人阶级的苦难叙事既带有一种追寻色彩，同时又有突破和新变。

从以《包身工》为例的作品分析中，我们已经看到它们在艺术性层面的一些欠缺，但这种欠缺并非源于苦难叙事本身，而是在于艺术的自律性缺失。有论者从文学语言的角度出发，指出“30 年代文学‘大众化运动’对于文学语言‘口语化’的推动，促成‘报告文学’文体修辞雏形的产生，由此形成的‘口语化’/‘体式化’的张力成为‘报告文学’文体规定性的重要组成部分”②。作为特殊时代背景下新闻、

---

① 恩格斯：《致敏·考茨基》，《马克思恩格斯选集》第 4 卷，人民出版社，1995，第 673 页。

② 李玮：《论 20 世纪 30 年代文学语言“大众化”与“报告文学”文体的发生》，《文学评论》2011 年第 6 期。

散文、小说多文体互渗而产生的一种间性文体，报告文学虽然步履蹒跚地确定了自己的文体地位，但又时常在文学性与非文学性间摇摆不定。

那么，苦难叙事如何以非虚构且文学的形式来呈现呢？我们或许可以拿袁凌的作品来做示例。在袁凌的笔下，"卑微者"占据着显要的位置，而卑微在某种意义上可以视作苦难的代名词。在其非虚构作品集《青苔不会消失》中，专门辟出了名为"卑微者"的板块，其中的四篇文章皆聚焦于伤残者与边缘者，也即苦难者。在《血煤上的青苔》中，袁凌书写了八仙镇多位矿难伤残者的生活，"人口不到三万人的八仙镇，隐藏着上千座矿工的坟墓，和上百名残废的矿工"[1]，这些数字透露着现实生活中沉重的苦难，但袁凌并没有以新闻报道的方式、外指性语体直陈苦难故事，而是用内指性的叙述语体生成文本的文学性与审美空间，以此摆脱茅盾批评的那种"论文式"书写方式。

在《血煤上的青苔》这篇作品的开篇，袁凌写道："王多权的窗户闭着，窗外几乎看不出雪米子的飘落，如同十七年来这间屋子里的时间流逝。"[2] 作为矿难伤者的王多权，已经瘫痪在床十七年，袁凌并没有直接告知这一事实，而是以"十七年"这个时间长度与"窗户闭着的屋子"这一封闭空间的交织来隐喻王多权的生命状态，打开文字的感受空间。再如文章快要行进到结尾时的一个段落：

> 开春了，青苔无声地修复着这个世界。但煤灰仍旧无处不在，渗进了遇难矿工们的骨灰里，邹树礼的脸上，和尘肺病人的胸中。但已经看不出怵目的鲜血。没有什么比鲜血更新鲜又易于陈旧的了。[3]

在这里，"青苔""煤灰""鲜血"溢出文字之外的象征义重新构造了语言能指与所指的指涉关系，形成了足具蕴藉性的文学语言。它不再是

---

① 袁凌：《青苔不会消失》，中信出版社，2017，第14页。
② 袁凌：《青苔不会消失》，中信出版社，2017，第3页。
③ 袁凌：《青苔不会消失》，中信出版社，2017，第14页。

《包身工》中那种悲怆激越的口调,而是代之以平静、舒缓的语调和节奏,但同时又迸发着内在的力量感。袁凌的这种文字质感与对事件的叙述方式,或许更贴近茅盾所期待的"具备小说所有的艺术上的条件"的那一类。

总之,左翼报告文学工人阶级苦难叙事,依旧是新世纪非虚构"打工叙事"追寻的精神资源,但在对于苦难的叙述上,新世纪非虚构"打工叙事"发展出了更靠近文学的方式,这是后者对前者的突破之处。

二、承读报告文学创作的"大众化"路径

报告文学的"大众化"创作,是左联将报告文学引入国内后一直期盼的方向,但左联主导下的工农兵通信运动等活动并没有真正有效地推动"大众化"创作,反倒是在左联解散之后,报告文学大众化创作有了新的进展,并随着抗争的全面爆发而发展成报告文学大众创作热潮。在新世纪非虚构"打工叙事"中,非专业的大众写作者创造的作品形成了一道亮丽的风景,这既是对 20 世纪 30 年代兴起的报告文学大众化创作精神的承续,又在时代变迁中生长出了新的特质。

在对《包身工》发出诘难的前一年夏天(1936 年 8 月),茅盾受邹韬奋所托,主编了影响深远的《中国的一日》。邹韬奋有关"中国的一日"的征文"创意",最初是受到高尔基影响。在 1934 年的第一次全苏联作家代表大会上,作家高尔基提出了编写"世界的一日"的想法,并逐步制定出详细方案。这一颇具创意的设想引起了出版人邹韬奋的兴趣,他邀请茅盾担任主编,商定选取 1936 年 5 月 21 日为创作时间点,在《申报》刊登征文启事。此后收到的稿件数量,大大超出了编辑部原初的设想,这使得茅盾等编者不得不调整编辑策略,最终编定四百九十余篇稿件,共计八十余万字。从最初策划到最终成书,用时仅仅一百多天,远远早于高尔基设想的《世界的一日》。

这部奇迹般面世的《中国的一日》,在日后多被追认为报告文学集,但茅盾在《关于编辑的经过》中曾明言这是一部"几乎包含尽了所有的文学上的体式"① 的作品集。但在随后的《关于"报告文学"》中，茅盾的观点又有些转向，他关注的重点偏向报告文学一端，认为"《中国的一日》里大多数是'报告'"②。茅盾观点的这一转向，跟彼时的文学外部环境密切相关，其时全面抗战爆发，救亡的目的压倒了文艺的其他面向，而报告文学作为最具即时性的文艺形式，文体地位迅速攀升。从这个角度而言，1936 年推出的《中国的一日》为报告文学这一新生文体的进一步推广做出了很大贡献。同时，它以全域、全民，以"中国"和共同的"一日"为主题进行集体创作的形式，在全面抗战爆发之前构建了"共同体"意识。《中国的一日》的推出，树立了典范意义，导致后来出现众多"一日体"作品集，如《苏区的一日》《学校的一日》《冀中一日》《志愿军一日》等。

鲁迅在《革命时代的文学》中谈道："在现在，有人以平民——工人农民——为材料，做小说做诗，我们也称之为平民文学，其实这不是平民文学，因为平民还没有开口。"③ 让平民大众真正"开口"创造自己的文学，并非一件容易的事，前文提到，左联早期曾开展以文艺大众化为目的的工农兵通信运动，但收效甚微。在左联解散之后，以《中国的一日》为代表的"一日体"征文活动，却有效开启了群众创作热潮，让平民真正得以开口，乐于开口。茅盾甚至认为："大多数向不写稿（即非文字生活者）的店员，小商人，公务员，兵士，警察，宪兵，小学教员等等，他们的来稿即在描写技巧方面讲，也是在水平线以上的。"他也由此赞叹："我们深切地感到我们民族的潜蓄的天才实在不少，倘使环境改善，立刻能开放灿烂的比现在胜过数倍的文艺之花。"④

鲁迅所期待的真正的平民文学，与茅盾所期待的灿烂的"文艺之花"，在新世纪的文学场中有了新的景象。在新世纪非虚构"打工叙事"中，打工者创作的文学作品占有重要分量，这是对 20 世纪 30 年代

① 茅盾：《关于编辑的经过》，《中国的一日》，上海生活书店，1936，第 6 页。
② 茅盾：《关于"报告文学"》，《中流》1937 年第 11 期。
③ 鲁迅：《革命时代的文学》，《而已集》，人民文学出版社，2006，第 19 页。
④ 茅盾：《关于编辑的经过》，《中国的一日》，上海生活书店，1936，第 6 页。

报告文学大众化精神的一种承续。鲁迅、茅盾所在的纸媒传播时代，报告文学大众化创作因受限于传播方式而难以实现真正的大众化，最广的普及范围至多也就到茅盾列举的店员、小商人、兵士、宪兵、公务员、警察、小学教员等，且限于通过知识分子、出版者有计划地组织与推进。而在新世纪非虚构"打工叙事"中，李若、范雨素、陈年喜等打工者的作品能够以"泛网络文学"的形式搭载网络新媒体进行迅速传播，这是媒介技术革新带来的突破。虽然打工者的这些作品在艺术水准上可能并不突出，思想深度相较于知识分子也或许有所不及，但长久沉默的群体终于以个人名义和文学方式开始发声，不论对其自身还是整个文学生态构成而言都极有意义。

三、传扬报告文学"载道"传统

自《中国的一日》以降，抗日救亡的紧迫性压倒了一切，报告文学也从引入之初的阶级话语主导转变为民族救亡话语主导。在新的危难面前，批评家不再苛刻地区分什么"论文式"或"小说化"等创作形式，报告文学易于上手、易于传播、易于接受的功用性特点再次体现出来，无可避免地滑向了马尔库塞所批判的"直接政治性"一端。这期间，报告文学作为一个工具性文本受到了前所未有的关注，作家们怀着强烈的责任感和使命感奔赴前线，写下大量鼓舞人心的作品。

王晖曾以意识形态主导性为主线，历时性梳理报告文学在中国诞生至 20 世纪末的发展样貌，指出百年中国报告文学"由左翼意识形态为主导渐进至国家意识形态的强规范场，再至多元意识形态的众语喧哗的流变之象"①。自抗战开始，由于统一战线建设的必要，左翼意识形态主导的阶级话语逐渐式微。至新中国成立时，国家意识形态在报告文学创作中占据主导，作家们以颂扬的方式投入新中国建设征程中，这也是这一时段整个文艺阵线所呈现出的"共名"② 文化状态。哪怕出现一些

---

① 王晖：《意识形态与百年中国报告文学》，《社会科学辑刊》2004 年第 2 期。
② 陈思和：《中国当代文学史教程（第二版）》，复旦大学出版社，2017，第 14 页。

如刘宾雁《在桥梁工地上》《本报内部消息》类的具有批判性、揭露性，力图"干预生活"的作品，也会立即受到主导性国家意识形态的压制。进入"文化大革命"时期后，报告文学创作更显病态化，直到新时期到来，这一文体才重新显现生机与活力。

《人民文学》1978 年第 1 期发表了徐迟著名的《哥德巴赫猜想》，拉开了新时期报告文学繁荣的大幕。不同于 20 世纪 30 年代较为单一的左翼意识形态主导，新时期报告文学呈现出多元意识形态交融的姿态。从以《哥德巴赫猜想》《亚洲大陆的新崛起》为代表的一系列科学家题材报告文学，到正面反思"文化大革命"的《正气歌》《划破夜幕的陨星》等作品，再到后来直指社会问题的"问题类"报告文学及无法做出归类的诸多作品，新时期报告文学创作的道路越来越宽广，手法越来越多样，形成了自 20 世纪 30 年代之后的又一高峰。

新时期的报告文学虽然呈现出思想解放的多元意识形态交融特征，但对于知识分子式的报告文学创作而言，不管是歌颂式还是批判式，国家意识依旧是其鲜明特色，"位卑未敢忘忧国"的传统知识分子思想在报告文学创作者那里薪火相续。在新世纪非虚构"打工叙事"的知识分子那里，也同样传扬着新时期报告文学思想解放和国家意识双重变奏的传统。不管是梁鸿、黄灯还是张彤禾、袁凌，尽管他们的个人立场与思想观念有所差异，但在将非虚构的笔触指向打工者群体时，他们所关注的其实是发展与变动中的中国，都有对宏大叙事的渴望，对载道精神的传承。

但从另外一个方面来看，这几位写作者与新时期那一代报告文学创作者在对具体问题的切入方式与个人在文本中的位置等方面存在着较大差异。20 世纪 80 年代的报告文学作家对现实带有强烈的自信心和把控力，一个强大的写作者站在高处像上帝般俯视一切，并在文本中给予读者以问题的分析和答案。对此，梁鸿曾做过总结，认为当代报告文学的"最大特征是个人性的缺失"，"作家写那么多，最终是为了证明这一道理和规则"。① 相对而言，新世纪非虚构"打工叙事"的知识分子作家们，虽然依旧以宏大的"中国问题"为着眼点，但他们能够认识到个人的限度，他们无法提供答案，甚至无法（或者拒绝）展开有效分析，他们只是以有限的个体视角带读者去观看他们所呈现的事实，这一点可谓对 20 世纪 80 年代报告文学创作的修订与突破。

第二节　从对西方非虚构写作经验的借鉴中追寻创新

除了对报告文学传统的继承与突破外，新世纪非虚构"打工叙事"也借鉴了西方的非虚构写作经验，从而获得了更多创新资源。对于报告文学而言，继承之处更多在于工人阶级苦难叙事、文学创作大众化和知识分子"载道"书写传统；于西方非虚构写作经验而言，借鉴的更多是非虚构创作理念、叙述技巧，以及非虚构写作融入创意写作教育教学体系的发展经验。

一、借"他山之石"直面现实问题

西方非虚构文学的生成与发展背景同报告文学有所不同。国际报告文学的诞生伴随着近代工业的发展与无产阶级力量的壮大，如川口浩所言："因为机械工业的急剧的发达，和阶级斗争的尖锐的进展，在文学的领域，也和在政治的领域一样地驱逐了 Romantic 的成分。"② 川口浩对那些 Romantic 故事流露出鄙夷和不满，报告文学作家基希也有类似表述。基希谈到自己曾在锡兰岛停留过一段时间，读到这里的游览指南和文学家的游记里写的尽是岛屿的美景与昔日的王宫废墟，而基希本人

---

① 梁鸿：《改革开放文学四十年：非虚构文学的兴起及辨析》，《江苏社会科学》2018 年第 5 期。

② 川口浩：《报告文学论》，沈端先译，《北斗》1932 年第 1 期。

在岛上目睹的却是一月之间三万多名儿童因疾病和营养不良而死去，80%的儿童都在忍受饥饿……基希亲眼所见的悲惨景象，和文学家的游记里所记述的良辰美景都是锡兰岛的真实状况，区别在于，他们的着眼点有所不同。而着眼点的差异背后，是立场的差异：报告文学作家秉承坚定的左翼立场，关注受苦受难的底层人民，关注被剥削者，从而创作出"艺术文告"。

非虚构文学则诞生于美国20世纪60年代的"后工业社会"，由新闻领域的新新闻主义（New Journalism）和文学领域的非虚构小说（Nonfiction Novel）发展而来。20世纪60年代的美国社会充满不确定性和极速变化：肯尼迪总统遭暗杀、马丁·路德·金遭暗杀、越南战争、黑人权利运动、女性解放运动、性解放运动、嬉皮士运动、古巴导弹危机、成功登月……现实生活中发生的奇观故事大大超出了小说家的虚构能力，读者期待尽快得知这些现实故事背后的更多细节，而当时的新闻报道大多只提供一些简单概况，无法充分满足读者的阅读期待。

这种情况下，传统小说和新闻都受到了冲击，一些小说家转向社会现实一端，尝试用更为贴近现实而非传统现实主义的方法来呈现光怪陆离、急速变化的社会，形成了非虚构小说这一新的写作样式。非虚构小说的出现在当时只是为了应对文学与现实之间隔膜的一种调试策略，以坚实的现实事件为基础进而将之虚构为小说，但这种写作方式说到底还是归于小说的门类。相对而言，汤姆·沃尔夫倡导的新新闻主义对非虚构文学在日后的发展产生了更大影响。

对于20世纪60年代的新闻读者而言，旧有的"倒金字塔结构"和"5W"模式已经不能满足他们对于报道深度和故事生动性的需求，他们期待着像阅读小说一样去读新闻报道。事实上，在沃尔夫旗帜鲜明地树起新新闻主义大旗之前，偏叙事性的新闻报道早已出现，早期的报告文学便是很好的例证。沃尔夫所做的是把这一写作传统进行了很好的总结，并由此掀起一股新的潮流，充分借鉴小说写作技法，与其他新新闻主义的实践者们一同创造了叙事性新闻报道的新样式。

戏剧性场景描写，是新新闻主义实践者最善用的一项叙事技巧。在以往的新闻报道中,概括性的事实阐述占据主流,文章通常按照何人、何事、何时、何地、何故方式平铺直叙地告知信息,以尽量简洁的形式把重要信息交代完毕,而新新闻记者们更喜欢运用场景展示的方式将故事细致地呈现给读者。历来被认为是小说写作最显著的特点之一的场景化描写,从此开始大面积地出现在文学性新闻写作中,提升了新闻写作的审美特性。此外,新新闻报道的特点还包括:对白的大量运用,精细的细节捕捉,叙述视点的多元变化,内心独白的描写,合成人物的塑造。

除了塑造合成人物这一点触及了非虚构写作的真实性原则之外,新新闻报道都是在非虚构的准则之内借鉴以往被小说写作常用的叙事技巧,而且,这些技巧的运用大幅提升了传统新闻写作的文学性水准。从另外一个角度来说,很多叙事技巧其实是被所有叙事性文本共用的,只不过非虚构叙事性文本在新新闻主义观念被提出之前并未充分打开自身的叙事之维,因而压抑了自身的审美之维。场景描写、对白、独白、细节及视点的变化,让非虚构作品具备了与小说一样的阅读质感。

非虚构写作"小说化"在提升自身品质的同时也带来了一定风险,有些写作者并不满足于叙事形式层面的探索,而是进一步越过雷池,进行叙事内容的虚构。上文所述的新新闻报道的几大特点,都需要写作者在充分获取非虚构访谈材料和恪守非虚构写作伦理的前提下谨慎操持,稍有越界便会造成文体失范。比如,戏剧性场景描写过程中,涉及对写作者不在场情况下的场景重建,这一写作行为需要充分的访谈材料支撑,而非写作者凭借想象进行场景虚构。同样,对白、独白、细节等文本要素,都必须恪守"有一分材料说一分话"的谨慎原则,这无疑是非虚构写作的"镣铐",且是不可解除的"镣铐"。

盖伊·特立斯非常善于在自己的作品中运用独白,但他运用这一形式的前提是基于充分的采访,"(当我采访一个采访对象时)我会问他,在他所谈及的一切情形中，他当时是怎样想的"①。与之相反的例证也大量存在，比如盖尔·希伊在 1970 年出版的《拉客》中塑造了妓女"红裤子"的形象，但这一形象却是记者采访的纽约时代广场上多个妓女的形象复合体，这一合成人物显然违背了真实性原则。另一则著名的案例发生在 1980 年，珍妮特·库克在其作品《吉米的世界》中杜撰了一个吸毒成瘾的孩子，这篇报道以非虚构作品的名义刊登在《华盛顿邮报》，并为她赢得了普利策奖。真相查明后，库克辞去了报社工作，她的同事们也倍感耻辱地退回了普利策奖。这些"伪装"成功的案例在日后引来了大量效仿者，造成了非虚构写作内部自我消解的风险。

非虚构写作的真实性原则首先要求写作者严格地自我恪守，从而区别于虚构类文学作品，如约翰·麦克菲所言："在我的世界里，拼凑的人物只能出现在虚构文学中。"② 随着非虚构写作的发展，真实性伦理越来越得到非虚构写作者的承认和维护，成为美国非虚构写作的基本准则。麦克菲的学生何伟（Peter Hessler）曾在访谈中说道："过去，美国的一些非虚构文学作者也会编造一些文学场景，一些'复合型人物'……但是时至今日，非虚构文学已经不再接受这种编造行为了。"③ 在真实性原则的基础上，非虚构写作者进一步利用写作技法追求更广泛的真实性和艺术性。

对于迈入新世纪的中国而言，经济的高速发展与社会状况的剧烈变化带来了文学需要面对和处理的现实问题，召唤着直面现实的非虚构写作出场。其中，中国的乡村问题和与乡村问题紧密关联的城市打工者问题，成为新世纪非虚构写作面对的最紧要的现实问题。非虚构作家梁鸿在《中国在梁庄》之后又完成了《出梁庄记》，前者所面对的是"乡土

① 约翰·霍洛韦尔：《非虚构小说的写作》，仲大军、周友皋译，春风文艺出版社，1988，第 44 页。
② 杰克·哈特：《故事技巧：叙事性非虚构文学写作指南》，叶青、曾轶峰译，中国人民大学出版社，2012，第 234 页。
③ 南香红、张宇欣访谈何伟：《为何非虚构性写作让人着迷？》，腾讯·谷雨，https://cul.qq.com/a/20150828/217693.htm，访问日期：2015 年 8 月 28 日。

变迁"的问题，后者在前者的基础上进一步探寻，将书写焦点落在散布于中国各地的梁庄外出打工者身上，以前后两部作品共同构建起一个完整的"梁庄"，同时也以梁庄为样本，观照变动中的"城乡中国"。

这一类的非虚构写作因直面社会现实问题而备受关注，不过，还应注意到的是，这些现实问题落实到文本中后，仅是非虚构要处理的内容层面的材料，而以何种创作理念和方法去处理这些材料成为进一步的关键性问题。以梁鸿的《出梁庄记》为例，我们可以看到这部作品相对《中国在梁庄》在写法上更加注重叙事的技巧性。在作品的开端，梁鸿首先以场景重构的方式从一个戏剧性事件写起：持续的暴雨造成河水上涨，梁庄一位流浪汉落水而亡，他的家人却因为利益不去认尸，逝者最后以"无名尸"身份火化。由这一事件出发，梁鸿写到梁庄人围绕此事的"闲话"，再牵出种种矛盾纠葛和人与事的变迁。从一个焦点性事件入手，再网状式地铺开多个家庭的故事，这一写法避免了叙事的分散，提升了文本的可读性。

另外，梁鸿在叙述过程中并不避讳主观性介入和个人观点的抒发。在书写家人相继去世的花婶时，他写道："她特意站在花丛前让我照相，笑盈盈的。透过镜头，那笑容有一种涣散了的深深的空洞，还有些许一闪而过的羞愧和心虚。她这样活着，似乎太过强悍。把自己的儿子、女儿、丈夫都活死了，自己还活着。"① 除第一句为客观描写之外，第二句便进入作者对花婶笑容的主观印象，而后进入对笑容中所包含意味的猜想。随后的第三、四句，则进一步转化为作者个人主观情感的抒发。这种写法使作者的情感、观点都融进作品之中，增加了作品的情感张力；也通过现实的细节捕捉，以及在此基础上有限度的想象，增加了所写人物的形象丰满度。

以上以梁鸿的非虚构写作为案例的简要分析，表现出中国非虚构写作在应对现实问题（尤其是乡土问题与打工者问题）时所做出的积极应对，而在写作理念与方法上对西方非虚构写作经验的借鉴，让中国新

---

① 梁鸿：《出梁庄记》，花城出版社，2013，第5页。

世纪非虚构写作在保持真实性写作伦理的基础上进一步提升了文本的艺术水准。除作品创作方面理念与方法的经验借鉴之外，近年来，我们还看到国内在非虚构与创意写作教育融合方面也在借鉴以美国为主的西方的发展经验。

二、非虚构文学与创意写作

非虚构小说和新新闻主义在 20 世纪 70 年代末期就已风头不再，但这些文学潮流所探索的写作样式已经构成了非虚构文学的重要遗产。在此之后，罗伯特·博因顿还提出过十分拗口的新新新闻主义（The New New Journalism）口号，宣称"通过揭发和广泛报道社会和文化问题，新新新闻主义记者们已经振兴了美国文学新闻的传统，并将其提升到比 19 世纪以及 20 世纪晚期的先辈们所想象的更受欢迎、更商业化的层次"，"新新新闻主义已经领衔美国文学了"。① 博因顿的这一宣言更像是对汤姆·沃尔夫在《新新闻主义》前言中称"非虚构已是美国最重要的文学"的一种呼应。

更加值得注意的是，美国的非虚构文学写作在 20 世纪 90 年代开始以创意非虚构（Creative Nonfiction）的名称纳入创意写作教育教学体系，进一步促进了非虚构写作的发展。根据美国学者、非虚构作家李·古特金德的说法，他在 20 世纪 70 年代就开始使用创意非虚构这一术语。在 1983 年美国国家艺术基金会召开的一次会议上，与会者讨论如何将非虚构文学这一类型划归为 NEA 创意写作研究金的一个类别，古特金德的老师把来自学生的这一术语提出来并获得广泛认可，从此，创意非虚构成为被官方认可的术语。②

古特金德首倡的创意非虚构一词准确地容纳了这一写作方式的两大要素。这里的"创意"（Creative）指的是运用诸多文学技巧使作品更加

---

① 罗伯特·博因顿：《新新新闻主义：美国顶尖非虚构作家写作技巧访谈录》，刘蒙之译，北京师范大学出版社，2018，第 15 页。

② Lee Gutkind, *Keep It Real*: *Everything You Need to Know About Researching and Writing Creative Nonfiction*（New York：W.W. Norton & Company，2009），p.6.

好读，它侧重叙述层面，而"非虚构"（Nonfiction）指向内容层面的材料真实。古特金德用更简洁的话语表述，创意非虚构即"讲得很好的真实故事"（true stories well told）。古特金德于 1994 年创办 *Creative Nonfiction* 文学杂志，以此来推广这一术语和相关写作主张，这份杂志延续至今，共出版了 78 期。古特金德对创意非虚构的持续倡导引起了评论家的关注，詹姆斯·沃尔科特（James Wolcott）于 1997 年在著名杂志《名利场》刊文称其为"创意非虚构背后的教父"。这本是一篇带有批判性质的文章，就如 1980 年章明发表《令人气闷的"朦胧"》反而命名了"朦胧诗"一样，古特金德也被动地接受了沃尔科特授予的"教父"头衔，并使得"创意非虚构"借由名刊的"批判性推广"而变得更加广为人知。此后，古特金德在匹兹堡大学设立了全美第一个创意非虚构研究生项目，颁发艺术硕士（MFA）学位，自此，创意非虚构与诗歌（Poetry）、小说（Fiction）并列成为创意写作项目三大类别。发展至今，美国及其他西方国家的高校创意写作项目中，多数都包含创意非虚构的文学硕士（MA）、艺术硕士（MFA）及博士学位（PHD）。

非虚构文学与创意写作的结缘其实可以追溯至 20 世纪初期，美国著名报告文学作家约翰·里德为了感谢他在哈佛大学的老师科普兰教会他写作，把自己 1914 年出版的《暴动的墨西哥》一书的稿费捐献给了科普兰，以此支持高级写作课程在哈佛大学的早期发展。在《暴动的墨西哥》一书的献词里，约翰·里德向科普兰致谢，感谢科普兰教会他如何发现"世界中的隐秘之美"及如何写作。[①] 约翰·里德对科普兰的致谢与多年之后何伟对他的写作老师约翰·麦克菲的感谢非常相像。以"中国三部曲"（《江城》《奇石》《寻路中国》）为国内读者所熟知的何伟，曾在多个场合介绍过他的老师麦克菲，并详述了麦克菲在普林斯顿大学非虚构写作课堂上的教学细节。在为麦克菲著作中译本《控制自然》所作的序言中，何伟谈到了麦克菲对他写《江城》的建议和鼓励，

① D. G. Myers, *The Elephants Tech: Creative Writing since* 1880（Chicago: University of Chicago Press, 2006），p.39.

在老师的支持下，何伟完成了这本书并大获成功。

自 1975 年在普林斯顿大学开设非虚构写作课以来，麦克菲已经培养了大批优秀的写作者，其中包括多位普利策奖获得者。麦克菲办公室的书架上摆放着 215 本来自他学生的作品，而这仅是总数的一半左右。尽管相对于更为流行的创意非虚构这个名字，麦克菲更喜欢称之为"事实文学"（The Literature of Fact），但这并不妨碍麦克菲与古特金德等人在高校写作教学系统内将非虚构文学散布得更广，使之更具专业性和生命力。

除高校系统的创意非虚构教育之外，一些社会机构也以高校培养的创意写作毕业生为师资力量，开展非学历类的社区教学与社会教学活动，让更多普通写作爱好者能够接受专业化、系统化的非虚构写作培训。其中较知名的如 1993 年成立于纽约的哥谭作家工坊（Gotham Writers' Workshop），它面向全社会、全世界写作爱好者开设线下和线上创意非虚构课程（Creative Nonfiction 101）。再如古特金德在 1994 年创立的创意非虚构基金会（Creative Nonfiction Foundation），它为非虚构写作爱好者提供在线非虚构写作课程，已经帮助 3000 多位写作者完成了他们的非虚构作品。

国内自 2009 年开始系统性建设高校创意写作学科，把非虚构写作视为该学科的重要构成，中国人民大学、上海大学、复旦大学、华东师范大学等高校相继开设了非虚构写作理论与实践课程，培养专业非虚构写作者与行业从业人员。中国人民大学出版社"创意写作书系"也引进了威廉·津瑟《写作法宝：非虚构写作指南》、雪莉·艾利斯《开始写吧！：非虚构文学创作》、杰克·哈特《故事技巧：叙事性非虚构文学写作指南》等美国非虚构写作教程类著作。与美国创意写作系统内创意非虚构的发展历程一样，中国也开展了非虚构写作的社会化教育，比如，媒体人叶伟民开设了非虚构写作课；媒体人李梓新依托其创办于 2011 年的"中国三明治"非虚构写作平台，开展面向社会的非虚构写作课程，并编有《非虚构写作指南》一书。再如北京工友之家的皮村文学小组，虽然这一组织并未将他们的文学活动与创意写作关联，但就其组织形式而言①，已经接近于创意写作工作坊（workshop）模式，并推出了李若、范雨素、郭福来等多位写作者的非虚构"打工叙事"作品。

笔者也实验性地进行过创意非虚构教学实践，面向大众写作爱好者完成了三期线上非虚构写作课程，以创意写作工坊模式和过程写作方法引导写作者从身边的故事选题出发，再借用杰克·哈特提出的"叙事弧线"将选题落实为故事大纲，然后根据故事大纲选择素材、确定叙事结构，随后进入写作层面的视角、场景等具体叙述技术问题，一步步打磨出一篇完整作品。最终，学员完成的44篇作品发表于"澎湃·镜相"非虚构写作平台。

其中，雁栖侠的《深夜列车上，独自踏上返乡路的12岁少年》是一篇颇为独特的非虚构"打工叙事"作品。作者雁栖侠是一名在新疆从事建筑行业的徐州籍打工者，2020年春节从乌鲁木齐经兰州转车回乡，偶遇一名独自返回家乡的少年，他决定将少年作为书写对象。这名12岁的少年父母离异，跟随在新疆打工的父亲生活在乌鲁木齐，放假独自回到妈妈所在的老家甘肃陇南哈达铺。作为同样在新疆的外地打工者，作为一名12岁男孩的父亲，作者与眼前这个男孩产生了特殊的情感联系，他临时决定不在兰州转车，而是跟随男孩去他的家乡。男孩兴奋地与家人通过电话后，男孩的母亲也表示欢迎，但当作者跟随男孩下车后，前来接站的男孩的小姨和姨父却对作者的行为动机产生了怀疑，接连发问："这么大的小孩一个人回家不是很正常的行为吗？""他一个人回家难道不对吗？"显然，男孩的家人对自身监护责任的缺失引起了警惕。随后，男孩的家人将作者安置到一家宾馆，男孩父亲发来信息道谢和解释，再之后便没了后续。结尾处，作者写下："我没有给少年打电话。我想，也许有一天，我还会在乌鲁木齐的某条马路上遇见他。"②

① 张慧瑜曾在访谈中提到，文学小组活动的参与者是一种"圆桌式关系"，课堂上"大家相互点评"。参见陈灿：《"范雨素们"和他们的老师》，人民网，http://culture.people.com.cn/n1/2017/0427/c1013-29241638.html，访问日期：2017年4月27日。

② 雁栖侠：《深夜列车上，独自踏上返乡路的12岁少年》，澎湃新闻·澎湃号·湃客，https://www.thepaper.cn/newsDetail_forward_6556248，访问日期：2020年3月19日。

严格来说，这是一篇未完成的非虚构作品，但正因为它的未完成，让这篇切入点独特的作品更具蕴藉性。作者在文中对长途火车上的拥挤场景做了详尽描述，也对男孩的个人情况、家庭状况做了交代，虽然后续采访遭拒，但作品已经能够向读者呈现这一故事背后的完整意义：身在异地的打工者、分裂的家庭、候鸟一样独自迁徙的少年，以及充满警惕的家人，共同呈现出一个打工者家庭的辛酸与无奈。对此文的作者雁栖侠及创意非虚构写作工坊中的写作者而言，能以文学的方式写下身边故事，并能够在公共平台发表、传播，对其写作水平的提高及由写作带来的自我实现、自我疗愈都有很大意义。

对西方非虚构写作理念、方法的借鉴推动了中国新世纪非虚构"打工叙事"在叙述技巧层面的提升；对西方创意写作教育体系的引入，推进了高校创意写作学科与社会面向的创意非虚构教学，进一步促进了非虚构写作的可持续性发展，培养出了专业化的写作队伍，同时提高了大众写作爱好者的写作兴趣和创作水平。这些经验为中国非虚构"打工叙事"作者队伍的专业化与大众化提供了创新资源。

第三节　新世纪前后国内对美国非虚构文学的两次接受

由上文的梳理和分析我们可以看到，新世纪非虚构"打工叙事"对中国报告文学传统和西方非虚构写作经验有着不同层面的继承与借鉴，对二者的优长之处进行了合理吸收和转化。进一步来看，我们会发现国内对美国非虚构文学的接受其实经历了两次比较大的浪潮，第一次是在20世纪80年代，另一次则是在2010年之后，这两次对非虚构文学的接受其实都伴随着非虚构文学与报告文学的碰撞。

由于报告文学在20世纪80年代仍作为一种强势文体存在，风头正劲，所以彼时非虚构文学这一概念的引进并未得到广泛关注，这也阻碍了非虚构文学这一概念之下具体创作理念与方法的引入。到了新世纪之后,尤其在《人民文学》2010 年对非虚构文学大力倡导之后,国内形成了一股真正的文学潮流,从概念到理念、方法都有了充分的接受,使美国的非虚构写作经验成为新世纪中国非虚构文学的宝贵资源。先后作为"舶来品"进入中国的报告文学与非虚构文学,也在冲突与碰撞中逐步走向新的融合。

一、20 世纪 80 年代的非虚构文学初探

在本章第一节中,我们梳理了中国报告文学在 20 世纪的大致发展历程,分析了 20 世纪 30 年代中国报告文学初创期的单一意识形态主导性与鲜明的工具性色彩,到"文化大革命"结束后的新时期,尤其是万象更新的 20 世纪 80 年代,社会各界迎来思想解放,文学进入新的繁荣时期。这一时期,西方新的文学潮流不断涌入国内,美国的非虚构文学潮流开始对报告文学作家、评论家产生影响。

董鼎山在 1980 年最先向国内介绍美国的非虚构小说与新新闻写作潮流,前者以杜鲁门·卡波特、诺曼·梅勒为代表,后者以汤姆·沃尔夫、盖伊·特立斯为代表。董鼎山在文章中对此二者持怀疑态度,认为这只不过是一种营销噱头。与董鼎山的观点不同,报告文学作家理由对"非小说"情有独钟,他曾在给刘茵的一封回信中不遗余力地向其介绍西方的"非小说",认为"这个名目起得很好,比报告文学的提法来得确切……它强调了内容的真实性,也突出了表现手法的文学性"[1]。理由虽然在文章中没有说明"非小说"对应的英文词汇,但就其个人的报告文学观(反对略有虚构论)来看,他所说的"非小说"指的应该更偏向于由新新闻写作发展而来的非虚构文学,或者说更像是李·古特金德后来所倡导的创意非虚构。

王晖、南平两位学者在 1986 年首次以"非虚构文学"为名来介绍

---

[1] 刘茵、理由:《话说"非小说"——关于报告文学的通讯》,《鸭绿江》1981 年第 7 期。

美国的非虚构小说、新新闻报道与口述实录体三股潮流，第一次比较系统地概括了美国非虚构文学的兴起背景及其价值，并希望以此来推动国内报告文学理论探索的深入。随后，南平、王晖又撰文刊发在《文学评论》1987 年第 1 期，把"非虚构文学"这一概念与中国具体实际相结合，将报告文学、纪实小说与口述实录体三种文体形式划归在"中国非虚构文学"概念之下，并策略性地把报告文学、口述实录体称作"完全非虚构"，把纪实小说称为"不完全非虚构"，以此来对中国新时期非虚构文学做一个整体性描述。[①]

作为最早提倡"非虚构文学"这一概念的文章，上述二文有意识地从对美国非虚构文学浪潮的梳理中借鉴经验，随后借用这一概念与中国的相应文体进行对接，从而形成新的、具有统摄力的文学概念。不过，由于当时报告文学作为一种强势文体是具有较高讨论热度的，这种将报告文学与其他亲缘类文体归置在一起形成新命名方式的倡导并未引起过多反响。

随着时间的推移，报告文学这一与时代同频共振的文体在时代浪潮中逐渐失去了曾经的社会关注度；伴随市场化大潮的推进，一部分报告文学转向了商业化追求，颂歌式、虚假性作品层出不穷，于是出现了新世纪之初对报告文学的种种诘难之声。范培松先生愤然指出 20 世纪 90 年代报告文学的批判退位，认为中国报告文学走过 20 世纪 80 年代的辉煌期后，在 20 世纪末呈现出一种颓势：批判失踪、批判退位、批判变异……[②]批判性固然是报告文学的重要一维，但这一曾经炙手可热的文体在 20 世纪 80 年代过后逐渐失却关注度的原因并不单单在于这一维度，"真实性"写作伦理失范与文体自身的审美革新滞后才是报告文学在世纪之交面临的最大问题。

---

① 南平、王晖：《1977—1986 中国非虚构文学描述——非虚构文学批评之二》，《文学评论》1987 年第 1 期。

② 范培松：《论九十年代报告文学的批判退位》，《当代作家评论》2002 年第 2 期。

二、新世纪的非虚构文学新浪潮

在范培松指责了报告文学的批判退位之后,李敬泽更为激进地提出"报告文学枯竭论"。李敬泽对报告文学所下的"死亡宣告"显然是武断的,在这一"宣告"发布之后的近二十年时间里,报告文学依旧存活,并且在不断向更加健康的态势转进。不过,李敬泽的"惊人之语"确实道出了彼时报告文学的一些痛处,比如,他指出邓贤《中国知青终结》为了追求故事性而进行大肆虚构,违背了报告文学(纪实文学)作者与读者之间对于文本真实性的契约。① 也正是在这一篇短小的文章中,李敬泽首次提出以"非虚构作品"来替代传统报告文学的主张。

李敬泽与王晖、南平都倡导"非虚构"概念,但双方所提概念的内涵与外延有所不同。王晖、南平两位学者试图从美国文学、新闻界借用一个新的概念来涵括国内类似的文体形式,且把报告文学视作其中最重要的组成部分;而李敬泽更倾向于以"非虚构作品"的名称直接取代传统的报告文学。李敬泽在新世纪之初对"非虚构"的重提引发了国内对这一文学概念的第二波接受浪潮,而真正的大潮来临时刻,是李敬泽在其主编的《人民文学》杂志开设"非虚构"栏目。《人民文学》设立"非虚构"栏目并非首创,《钟山》早在 2005 年便开设过"非虚构文本"栏目,《中国作家·纪实》也在 2006 年设置"非虚构论坛"栏目,但都未引起大的关注。而《人民文学》的新一轮"非虚构"号召,在其编者的精心策划之下,很快引发了热潮。

《人民文学》于 2010 年第 2 期开设"非虚构"栏目,在刊物"留言"部分,编者用不确定的口吻谈到"何为'非虚构'?一定要我们说,还真说不清楚",但同时又申明了这里所谈的"非虚构""肯定不等于一般所说的'报告文学'或'纪实文学'"。没有明确的宣言,也没有明确的方向,《人民文学》对非虚构的倡导更像是一种摸着石头过

---

① 李敬泽:《报告文学的枯竭和文坛的"青春崇拜"》,《南方周末》2003 年 10 月 30 日。

河的尝试，认为"今天的文学不能局限于那个传统的文类秩序，文学性正在向四面八方蔓延，而文学本身也应容纳多姿多彩的书写活动，这其中潜藏着巨大的、新的可能"。① 在刊发了几篇非虚构作品，尤其是推出了梁鸿的《梁庄》之后，《人民文学》的编者声称对这一栏目"心里已经有了一点数"，一改之前不确定的口吻，"我们认为非虚构作品的根本伦理应该是：努力看清事物与人心，对复杂混沌的经验做出精确的表达和命名"。② 随着非虚构作品刊发数量的增多与读者反响的日益强烈，《人民文学》紧接着发布了"人民大地·行动者"非虚构写作计划，以资助方式征集写作项目，持续推进非虚构热潮。

值得注意的是，《人民文学》推动的这一波非虚构文学浪潮，格外注重"行动"和"在场"，"鼓励对特定现象、事件的深入考察和体验"。③ 行动的写作避免了创作过程中对第二手资料的依赖，写作者以深入田野的方式"浸入"对象事件之中，获取最鲜活的第一手材料。传统报告文学同样强调大量采访，早有"七分跑三分写"的说法，非虚构写作与此不同的是，写作者自身在前期采访及后期写作中都格外注意自身经验的有限性，避免在文本中以一种真理在握的姿态凌驾于众生之上。传统报告文学提倡的那种直抒胸臆的强烈批判性与政论色彩，在非虚构写作者这里被隐没在了文本之下，非虚构写作者只负责讲述故事，有限度地呈现信息，故事背后的意义交由读者去品读。

同时作为非虚构写作者和研究者的梁鸿认为，近年来的非虚构文学潮流"不只是内容方面的'底层写作''现实主义'或'大众化'等思潮的变体，它还试图在文体上赋予文学新的特质，指向更为宽阔的可能。它试图接续五四以来新文化运动和现代文学之初的任务：以文学作为媒介，展示社会内部'新的视野和愿望'，并最终'解放文学形

---

① 《人民文学》2010 年第 2 期，"留言"。
② 《人民文学》2010 年第 10 期，"留言"。
③ 《人民文学》2010 年第 11 期。

式'"①。梁鸿的这段话点明了中国非虚构文学的几个关键面向:其一是对文学社会性、公共性的重建;其二是在文学大众化层面的新开拓;其三是这一潮流在书写形式层面产生新突破的可能。

就第一点而言,虽然通过从美国借鉴经验而形成的中国非虚构写作格外注重写作者的个人经验,但它又绝非陷入个人化的狭小天地,相反,这股非虚构写作潮流在形成之初就显现了重建公共性叙事的巨大野心,尝试在个体的有限视角与宏大的公共叙事之间形成一种有效张力。梁鸿的《梁庄》《出梁庄记》《梁庄十年》、萧相风的《词典:南方工业生活》、慕容雪村的《中国,少了一味药》、张彤禾的《打工女孩:从乡村到城市的变动中国》、郑小琼的《女工记》、丁燕的《工厂女孩》《工厂男孩》……无一例外都是对社会变动期公共事件的关注,尤其是对底层打工群体的关注。

就第二点而言,非虚构文学经过《人民文学》等传统文学刊物的倡导后,又借助新媒体完成"破圈",走出狭窄的"传统文学圈子",号召更多大众写作者加入写作潮流。自 2015 年起,兴起了多家非虚构新媒体平台,其中较有代表性的有"人间""谷雨""真实故事计划""正午故事"等。这些平台除刊发专业写作者的稿件外,更倾向于征集来自民间的非专业写作者的非虚构稿件,如"正午故事"发表过家政女工范雨素的《我是范雨素》,引发了热烈的社会反响。网络技术的发展使写作与发表变得更为便利,无数像范雨素一样怀有写作热情和表达欲望的非专业写作者,能够通过新媒体及自媒体平台以非虚构写作的方式表达自我,摆脱只能被代言的境况。当下的这一趋势,正呼应了近百年前鲁迅期待"平民开口"的愿望,也呼应了茅盾对"非文字生活者"在新的时代创造出"新的文艺之花"的期待。

就第三点而言,虽然中国非虚构写作潮流并没有像美国非虚构文学一样在兴起之初就产生了卡波特《冷血》这样的标杆性作品,但在写

---

① 梁鸿:《非虚构文学的审美特征和主体间性》,《中国现代文学研究丛刊》2021年第 7 期。

作者和研究者的共同努力下，非虚构文学的内涵、写作伦理、写作技巧等方面都有所突破。同时，非虚构写作潮流还加速了传统报告文学的变革，使其格外注重"叙事性"而一定程度上舍弃了老旧的"批判性"或"政论性"。报告文学研究者丁晓原认为，在"全媒体"传播时代，应该将报告文学视为一种"叙事性非虚构写作方式"，以非虚构性、叙事性和文学性"新三性"置换原有的新闻性、文学性、政论性"老三性"。[①] 如此一来，我们可以看到报告文学自身的变革方向其实是在向新兴的非虚构写作靠拢，如果摒弃二者之间处于文学之外的一些纷争，它们的融汇趋势在近年来越发明显。

总体来看，改革开放之后国内对西方非虚构文学的第一次接受并未引发大的反响，直到新世纪第二个十年，西方非虚构写作经验才逐步被国内文坛关注和吸纳，并形成一股影响持久的新浪潮。短短十余年的非虚构写作潮流虽未出现足具标志性的代表作，但一步步的写作革新已经在发展之中。在这期间，来自打工写作者和知识分子作家的非虚构"打工叙事"成为尤其引人注目的一个非虚构写作分支，而这两类写作者在写作主体层面的差异又造成新世纪非虚构"打工叙事"内部在言说立场、言说目的、作品面向等方面的差别，这是以下章节中我们将要探讨的问题。

---

① 丁晓原：《报告文学，作为叙事性非虚构写作方式》，《文艺理论研究》2020年第 3 期。

第三章

『工人』与『作家』：新世纪非虚构『打工叙事』的写作主体研究

新世纪非虚构"打工叙事"中包含新工人作家与知识分子作家两类写作者，对于新工人作家而言，其主体身份的建构经历了艰难历程，于外在的身心抑制力量中逐步实现自我觉醒，成为具有自我言说能力的写作主体；对于为工人代言的知识分子作家而言，由于代言者立场的多面性而形成了一个借自非虚构"打工叙事"的舆论战场，叙述各自内心的理想图景。此外仍需看到的是，新工人作家虽然逐步建立了自身主体性，但在建立过程中伴随着知识分子、资本力量、主流意识形态的规训，新工人作家既接受着规训又努力反抗着规训，在与规训力量的相互制衡中发展自身。

第一节　由打工者而工人而作家

打工者群体的形成，伴随着"乡下人进城"的历史。从社会发展的"历史理性"角度来看，农村剩余劳动力自发流动到城市成为产业、服务业工人，谋求物质财富与个人发展，是现代化进程中不可避免的趋势。但在这种流动过程中，个体面对着从农业生产到工业生产的身体再驯服，以及"城乡意识形态"对进城务工者的心灵抑制，身体和心灵的双重"受限"导致主体的异化与消解。打工者在面对工业生产劳动的自我调适中，逐步建立了对工人身份的认同，并通过非虚构的表达方式成为能够自我言说的主体。

一、流水线上的身体驯服

农村剩余劳动力在进入城市成为打工者之初，最先面对的是工业生产中一系列陌生的"规范化"训练，这种训练首先表现为一种对身体的驯服。福柯曾在马克思"劳动异化"的基础上指出，劳动生产过程中，权力通过规训手段实现对肉体的驯服方式，"它规定了人们如何控制其他人的肉体,通过所选择的技术,按照预定的速度和效果,使后者不仅在'做什么'方面,而且在'怎么做'方面都符合前者的愿望。这样,纪律就制造出驯服的、训练有素的肉体,'驯顺的'肉体……如果说经济剥削使劳动力与劳动产品分离,那么我们也可以说,规训强制在肉体中建立了能力增强与支配加剧之间的限定关系"①。福柯指出的这种"支配加剧"在现代工业流水线上表现得尤为突出,这些状况被清晰地呈现于来自打工写作者的非虚构作品中。

在《女工记》的开篇,郑小琼写下了女工与工业流水线之间的紧张关系:

> 多年来　她守着
>
> 螺丝　一颗　两颗　转动　向左　向右
>
> 将梦想与青春固定在某个制品　看着
>
> 苍白的青春　一路奔跑　从内陆乡村
>
> 到沿海工厂　一直到美国某个货架
>
> 疲倦与职业的疾病在肺部积蓄
>
> 卡在喉间　不再按时到来的月经
>
> 猛烈地咳嗽　工厂远处的开发区
>
> 绿色荔枝树被砍伐　身边的机器
>
> 颤抖……她揉了揉红肿的眼窝　将自己
>
> 插在某个流动的制品间②

郑小琼笔下,从内陆乡村到沿海工厂的女工,将身体固定在流水线的卡座上,在机器的主导下日复一日地进行重复性身体劳动。肉体的驯服伴随着劳动中肉体所受的戕害:疲倦、肺部疾病、不再按时到来的月经……直至把自己也化为流水线上的产品。

在非虚构"打工叙事"作品中,"流水线"是一个关键词汇,"一

---

① 米歇尔·福柯:《规训与惩罚:监狱的诞生》,刘北成、杨远婴译,生活·读书·新知三联书店,2019,第148页。

② 郑小琼:《女工记》,花城出版社,2012,第1—2页。

方面根据生产的阶段或基本运作，另一方面根据各个进行生产的人员，将生产过程分割开，使劳动过程显示出来。劳动能力的各种变量——体力、敏捷性、熟练性、持久性——都能被观察到，从而受到评估、计算并且与每一个工人联系起来。这样，由于劳动能力以一种完全可见的方式分散在一系列个人身上，所以它可以被分解为独立单位"①。工业流水线正是以福柯指认的这种方式实现对劳动者肉体的驯服，在流水线上的劳动过程及劳动能力能够被轻而易举地监视，劳动产品（合格率、计件数量）也更容易得到评估。

　　在郑小琼的另一篇作品《谢庆芳》中，流水线代表的现代工业生产方式对打工者身体的驯服表现得更为直接和有力。如果说前一篇作品仅是以"女工"这个无具体面貌的群体来抽象地讲述流水线上的青春故事，那么，在这一篇作品里，谢庆芳则是作为具体的个人出场：

> 生活原本不是生存的本身
>
> 像你被机器吃掉的三根手指　如果生活
>
> 只是活着的本身　未来像遥远的星光
>
> 你的哭泣无法渗透工业的铁器与资本
>
> 你无法把握住生活的本相　断残的手指
>
> 无法握住农具与未来　痛渗透了心灵
>
> 现实的真相并不是一个具体的真相
>
> 法律的真相也并非条例的真相
>
> 渗透了政策　人情　吏治　世俗　道德
>
> 虽然庞大的人生是不合时宜的主题
>
> 赔偿更像遥远的星光　无法渗透现实的云层
>
> "操作不规范　没有赔偿"　真相是
>
> 悲伤的盒子装满的悲伤　你眼神里的浊意

---

　　① 米歇尔·福柯：《规训与惩罚：监狱的诞生》，刘北成、杨远婴译，生活·读书·新知三联书店，2019，第156-157页。

饱含人生的迷雾①

"纪律规定了肉体与其操纵的对象之间的每一种关系。它勾画了二者之间一种细致的啮合。"② 流水线上 16 岁的乡村女孩，在机器面前露出胆怯，慢了半拍的手指被机器无情地"吃掉"，被伤害的身体并没有得到应有的赔偿，谢庆芳的伤残被认定为肉体与机器联合的失败（操作不规范），是对"纪律"的违反。不论现实中劳动者权利的申诉是否受到了法律之外"政策""人情""吏治""世俗""道德"的影响，在这里，肉体与机器的"啮合"被权力授予了先在的正当性（规范），若被认定违反这一正当性，劳动者的身体便被视为非驯服的肉体。

福特式流水线生产缔造了工业神话，进而缔造了经济神话，但这一神话却以工人的工具化为代价。这种工具化在驯服肉体的基础上，对打工者主体进行压制。表现之一在于，与以生产整个产品为目标的老一代工人相比，流水线作业是一种非创造性的重复劳动，打工者不能从这种劳动中获得创造整体产品的成就感，因而也就无法实现劳动实践的价值与意义，无法通过劳动创造自我。如《谢庆芳》中，打工者的人生被拆解为流水线和螺丝钉，"觉得自己像机台"，没有任何劳动创造的价值感。表现之二在于，打工者在工厂中经常被以代号替代姓名，如郑小琼提到："在流水线的时候，我们被简化成四川妹、贵州妹、装边制的、中制的、工号……"③ 这种方式使一个完整的个体被矮化为商品交换中的劳动力。

面对新世纪打工者遭受的肉体驯服，很多研究者反复提到新中国历史上的"前三十年"，尤其是新中国成立初期的工人境况，使二者在不同时代语境中构成一种鲜明的对照关系。新中国的成立确立了工人阶级的领导地位，曾经处于社会下层的劳工、苦力实现了政治地位上的翻

① 郑小琼：《女工记》，花城出版社，2012，第30-31页。
② 米歇尔·福柯：《规训与惩罚：监狱的诞生》，刘北成、杨远婴译，生活·读书·新知三联书店，2019，第164页。
③ 郑小琼：《女工记》，花城出版社，2012，第257页。

身,同时,现代化工业国家建设的紧迫任务要求工人们作为劳动力投入工业生产中。在这里,"政治"与"技术"成为老工人进行社会主义建设的两个关键概念,在蔡翔看来,"这两个概念的结合才塑造出一种社会主义的'工匠精神'"[①]。而塑造社会主义"工匠精神"的具体途径是"一种'非对象化'的努力,也就是说,如何使国家、工厂、生产等外在于工人的'对象'成为内在于工人的一个有机的构成部分,因此,所谓社会主义必然要被描述成工人自己的事情,这样一种描述最为恰当的显然正是'主人'这一概念"[②]。对政治上"主人"意识的召唤与文化层面"无产阶级文化"建设的努力,催生出这一时期的工人作家与工人文学。虽然当时的工人文学实践在现在看来并不算十分成功,但工人在劳动生产过程中的自觉性、自主性及其形成的文学表达与新世纪新工人非虚构"打工叙事"形成了参照。

打工者面对肉体的驯服并非没有反抗,虽然个体的反抗在整个工业生产机制的强大规训力量下显得渺小,但这种反抗体现出打工者主体意识的觉醒。在杨猛的《我的青春被浇灭于工厂车间》这篇非虚构"打工叙事"作品中,作者书写了自己多年来的打工经历,其中涉及对规训权力的反抗。杨猛被调去为请假的同事顶岗,但他操作的机器次品频出,按照规定,次品多了就会被扣工资,于是他以怠工的方式来做抵抗,这样一来,整个流水线都因他的怠工而出现问题。领班追踪到他,并对他破口大骂,随后,出现了作者与这位作为规训权力代理人的领班之间的对峙:"我噌地站了起来,脱下防护手套狠狠地砸在机台上。他的叫骂立刻停止了,我接着摘下防护眼镜,两只瞪得又大又圆的眼睛,从眼镜后面就直勾勾地和他对视上了,他的表情里明显透着不知所措的

---

① 蔡翔:《革命/叙述:中国社会主义文学—文化想象(1949—1966)》,北京大学出版社,2018,第295页。
② 蔡翔:《革命/叙述:中国社会主义文学—文化想象(1949—1966)》,北京大学出版社,2018,第292页。

惊恐。"① 在这之后,杨猛辞工离开,并向劳动监察队举报了工厂的多项违法行为。虽然作者后来依旧流转于一个个工厂,无法逃避工业生产的驯服力量,但这种反抗意识正是生成于其所面对的驯服力量之中。

二、城乡之间的身份困惑

除了面对来自工业生产中身体驯服的力量,打工者还要面对在城/乡认同问题上的自我矛盾,以及由此带来的身份认定上的撕裂感。打工者由乡入城,一方面摆脱了乡村的经济贫苦、文化凋敝状况,某种意义上意味着一种解脱;但从另一方面来看,城市对其身份的不认可又常使他们回望乡土的"精神乌托邦",将其美化为一种精神寄托。如何建立一种新的身份认同,又如何让城市认同自身,成为打工者主体建立过程中要面对的问题。

评论家徐德明从一则扬州地方传说、一则广为流传的笑话和范小青《城乡简史》中父子间的对话三个关于"乡下人"的嘲弄性叙述中看到了城/乡文化架构中"崇城抑乡"的趋向。"这样的历史文化架构中,城/乡空间架构的背后是生存/消费的构架方式,乡下人为基本生存而努力,城里人则多了消费的欲望,进入现代/后现代社会,乡下人也逐渐地为城市消费欲望吸引,但是包围着他们的是一种居高临下的城市的'凝视'。"② 徐德明将这种建立于消费型文化范式基础上"崇城抑乡""城贤乡愚"的普遍观念称为"城乡意识形态"。

这种城乡意识形态并不是在短期内形成的,而是延续了数百年,但就以往而言,乡下人进城大多仅是短暂的游历,城乡的分化能让城里人和乡下人在各自的生活空间和文化认同中各安其道。但是随着打工者进入城市谋生并在城市长久居住,这种城乡意识形态的影响逐渐显现出来,阻碍着打工者对城市的认同及自我身份的认定。

---

① 杨猛:《我的青春被浇灭于工厂车间》,澎湃新闻·澎湃号·湃客,https://www.thepaper.cn/newsDetail_forward_2484246,访问日期:2018年10月7日。

② 徐德明:《"乡下人进城"叙事与"城乡意识形态"》,《文艺争鸣》2007年第6期。

　　"农民工"这个词在很长一段时间里（包括现在）是对由农村进入城市以体力劳动谋生的打工者的称谓，但这个称谓本身正是城乡意识形态的一种隐性投射。"农民工"这一称谓是两种职业身份的叠加，在人口大规模流动之初，打工者因农事需求还存在着在城乡之间季节性流动的特点。但进入新世纪之后，大多数打工者不再从事农业生产，专门在城市从事工业生产，并希望在城市安身。这时，"农民工"中的"农民"仿佛成了铭刻进其身体里的标记，无法摆脱。只要一提起这个称谓，仿佛就是城市在提醒他们，他们的身份仍是农民，应该安分地守在农民（乡下人）的空间和文化中。

　　城乡意识形态的抑制性时常显露于打工者的日常和工作中，而且，这种"鄙视链"不仅存在于城里人和乡下人之间，同样存在于城郊农民和城市外来务工者之间。郭福来在《工棚记狗》中写到过一个养了十二只狗的北京皮村本地农民，在作者与这位养狗老者的交谈中，后者表露出自我身份的优越感和对打工者的不屑。文中的"老者"虽然也算不得城里人，但作为京郊农民，"老者"在经济持有和身份层面有着明显的优越感，直接将作者和同伴们称为"穷打工的"。来自"老者"的这种毫不避讳的歧视，并没有引起郭福来和同伴们的过多愤慨，"穷打工的"这个称呼在他们看来似乎也并非不可接受。就像这篇文章中写到打工者的住处时，作者带着一丝对建筑不合理性的不满，但紧接着又把这种不满收敛起来，转为另一种知足："这工棚虽然简陋，倒也能遮风挡雨。对于我们这些外地人来说，能在北京有个工作、有个住处，已经很不错了。"① 来自打工者自身的对这种不平等关系的认同，是城乡意识形态得以稳定存在的一个原因。

　　三、主体意识与自我表达

　　来自工业生产的身体驯服和来自城乡不平等关系的心灵压抑，是打工者遭受的身体与思想的双重禁锢，然而通过之前的分析我们也能看

---

① 郭福来：《工棚记狗》，《新工人文学》2020 年第 8 期。

到，打工过程中遭受的这些禁锢力量又使打工者自身生成反禁锢的力量，如杨猛对身体驯服的反抗，范雨素对城乡意识形态的反抗。这些反抗行为，促使打工者主体意识逐步觉醒。而打工者民间组织的形成及其对"新工人"称谓的争取和对"新工人文化"的建设，进一步加快了主体意识觉醒的步伐。

在报告文学作家黄传会的《中国新生代农民工》中，作者与北京工友之家发起人之一王德志有一段对话：

> 我问："听说你不赞同'农民工'的提法，为什么？"
>
> 王德志说："'农民工'这个称呼是双重身份，既是农民，又是工人。我们既没有土地，也不会种地，而且，我们已经离开了农村。怎么还是农民？"
>
> "那你们应该称为什么合适？"
>
> "我们应该被称为工人，或是新工人。凭啥工人要贴'农民'标签？"王德志说，"既然我们是工人，我们就应该享有城市工人的权益。住房、医疗、就学……这一切都应该享有！"①

在这部书中，作家黄传会并非单纯根据自身经验取用"农民工"这一称谓，而是依据 2010 年中央一号文件中首次明确提出的"新生代农民工"这个概念取用的。然而这一由民间习语进入官方正式文件的命名，并不能得到被命名群体自身的认同。在王德志看来，他们从事工业劳动，理应被称作"工人"或"新工人"，并享有相应的工人权益。对"农民工"称谓的拒绝及对工人权益的诉求，显现出打工者主体意识的觉醒。

社会学研究者吕途在《中国新工人：迷失与崛起》中记录了2009 年"第二届新工人文化艺术节"上，民间机构代表小山有关"农民工"这个称谓的发言。发言中，小山着重强调了"自我认同"的重

---

① 黄传会：《中国新生代农民工》，人民文学出版社，2011，第 124 页。

要性，"我是谁"的问题被提出来重新思考、重新界定，体现了打工者主体建构的努力。如果无法建立起自我主体，而被外在于自身的观念宰治，打工者的当下境况就得不到改善，未来发展也将置身于迷雾中。

王德志和小山的声音之所以能够发出，并非偶然，而是因为打工者自发的文化实践引起了作家、社会学家及整个社会的关注。2002年"五一"国际劳动节，孙恒、王德志等人创办了"打工青年文艺演出队"，11月他们又注册成立了"北京工友之家文化发展中心"，开展文化、教育活动。成立初期，他们的团队寄居在各个打工子弟学校中，最终在2005年7月搬到北京皮村。2009年10月，打工青年文艺演出队更名为"新工人艺术团"，有意识地突出了"新工人"这一称谓。2014年9月，皮村文学小组成立，招募了张慧瑜、刘忱、孟登迎、李云雷等十几位学者、作家担任志愿者教师。北京工友之家的文化活动一直以相对静默的方式展开，社会曝光率并不高。但范雨素2017年4月发表于"正午故事"的那篇非虚构作品《我是范雨素》在网络上的火爆，让其背后的皮村文学小组备受关注。2019年5月1日，《新工人文学》以电子刊形式正式创刊，"刊物在主旨上，我们力求所有征集来的文章与图片，都带有时代性和现实感，是为了达成更多劳动者的精神诉求，倡导劳动的尊严与价值，以文学的方式反映这个快速变迁的时代中，劳动者本真的生活与情感"[1]。《新工人文学》的创刊是一个显著标志，不仅仅显现了皮村文学小组多年来取得的成果，更重要的是，从沉默的、边缘化的打工者到能够进行自我言说的新工人作家这一自我身份认知的转变得以在此完成，打工者可以借助现代传媒方式以作家身份进行自我表达。

这一系列来自打工者的文化实践，尤其是文学创作实践，是其工人主体意识觉醒后自发的文化表达。他们自发地拒绝"农民工"这一称谓，主动争取更具主体特性的"新工人"这一自我命名，以此反抗工业生产的过度身体驯服，以及城乡意识形态不平等关系带来的身心压制，追求在城市工作和生活的身份平等、文化平等、权利平等。

---

[1]　万华山：《编后记》，《新工人文学》2019年第1期。

马克思在分析法国农民状况时认为，法国农民在未能形成一个阶级的情况下，"不能以自己的名义来保护自己的阶级利益，无论是通过议会或通过国民公会。他们不能代表自己，一定要别人来代表他们。他们的代表一定要同时是他们的主宰，是高高站在他们上面的权威"①。对于新世纪的新工人群体而言，是否仍面对着马克思所分析的法国农民的难题，以及在新工人群体渐已成为能够自我言说的主体的情况下，如何应对来自代言者的影响，这是下文将要讨论的内容。

第二节　为工人代言：知识分子作家及其立场

《现代汉语词典》对"代言"的释义为："代表某阶级、集团或商品等发表言论或做宣传。"② 当代文学写作中，有关"代言"的争论由来已久，这种争论在新世纪初有关底层文学的讨论中表现得尤为突出，使得"代言"成为某种意义上的负面话语。作家的"中产化"导致他们作为写作主体往往难以把握真正的底层经验，从而难以呈现一个真实的底层，甚至会因经验缺失而导向对底层的过度个人化想象与奇观化呈现。相对于底层文学中以小说为主的虚构叙事，非虚构叙事因其"行动"与"在场"的内在需求，似乎能够解决以上所说的"失真"问题。但在为工人代言的知识分子和专业作家那里，非虚构"打工叙事"也一样会因写作者立场的差别而形成对"真实"的不同编织方式，这种情况下，代言者的个人立场与非虚构作家所应秉持的中性身份时常构成一种内在紧张关系。本节中，我们将以张彤禾的《打工女孩：从乡村到城市的变动中国》和吕途的《中国新工人：迷失与崛起》为例，分析

---

① 马克思：《路易·波拿马的雾月十八日》，《马克思恩格斯全集》第8卷，人民出版社，2006，第217页。

② 《现代汉语词典（第7版）》，商务印书馆，2016，第250页。

不同立场的代言者对非虚构“打工叙事”的不同呈现方式及其背后的潜在意图。

一、右翼代言者的非虚构“打工叙事”

张彤禾在创作《打工女孩：从乡村到城市的变动中国》时，内心有一个对照：“绝大多数的外国媒体，包括《华尔街日报》，都报道过工厂内部的恶劣环境。我希望能写点儿别的——写写工人自己怎么看待外出务工。”[1] 作为《华尔街日报》的记者，张彤禾舍弃国外同事们习惯运用的从外部关注中国打工者工作环境、生活环境、劳资矛盾等问题的方式，尝试从女工自身角度入手，关注她们的个人命运，从这个角度重新审视中国这场旷日持久的大迁徙。张彤禾选择的观照点，以及在她之前“绝大多数外国媒体”选择的都是客观存在的事实，只不过着眼点不同，所呈现的对象的侧面便有所不同。

作品中，吕清敏和伍春明作为张彤禾追踪的两个主要人物，与其他书写打工者的作品中的人物有着明显差别。不论是郑小琼的《女工记》，还是丁燕的《工厂女孩》，都主要以流水线上的体力劳动者为书写对象，作者也作为（或暂时作为）她们的一员参与在劳动过程中。但吕清敏和伍春明并没有从事太久的体力劳动工作，她们的人生不像郑小琼所写的“被固定在卡座上的青春”，而是呈现出一条发展、晋升的轨迹，尽管其中充满了曲折。

吕清敏在 2003 年春节后跟随姐姐一起来到东莞，在日资工厂做了一个月后辞职，然后到佳荣电子厂做了一年流水线工人，随后，较为偶然地成为奕东电子公司的一名文员，由体力劳动者转为脑力劳动者。之后，吕清敏再次辞职，找到一份采购部助理的工作，进而当上能够拿高额回扣的采购员。伍春明比吕清敏年长些，经历也更为丰富和曲折，1992 年夏天她和表姐偷偷跑到东莞，进入国通玩具厂工作四个月，在

---

① 张彤禾：《打工女孩：从乡村到城市的变动中国》，张坤、吴怡瑶译，上海译文出版社，2013，第 26 页。

差点被骗去做妓女后，伍春明又进入银辉玩具厂做了半年流水线工人，然后自荐成为这家工厂的文员。再之后，伍春明一路跳槽、晋升、涨工资，同时也在不断提升自己各方面的能力，成为部门主任。1996年，伍春明开始从事传销工作，依靠入行早的优势，在传销被视为非法而被叫停之前积累了一笔个人财富。退出传销行业后，伍春明进入《中国国门时报》成为一名记者，但她从事的是"勒索式"新闻报道，从所报道的企业给的"正面宣传费"中抽成。再往后，她在建材行业做了两年销售，又自己开办建材公司，赔光了所有积蓄，最后兜兜转转又回到已经被官方宣布为合法的"直销"行业。

从以上勾勒的作品中的两个主要人物的人生轨迹来看，以体力劳动为主的"打工"生涯并没有在她们的人生中占据太长时段，两人都只做了一年左右的流水线女工。如果剪辑掉吕清敏、伍春明由乡村初入城市的那段流水线生涯，她们的人生历程与生长于城市或者因受教育而由农村进入城市的普通年轻人并无太大不同——从普通基层脑力工作岗位做起，升职、加薪、跳槽，或者创业。而这正是作者张彤禾要着意展现的一点："走出家乡并留在外面——出去，就是改变命运。"①

张彤禾在全书中尽量克制地秉持着非虚构写作者的中性身份，尽量客观地去呈现她所捕捉到的一切，包括工人工作、生活环境的糟糕状况，但其背后隐含的立场仍不时表露出来。在正文的最后部分，张彤禾以颇具抒情性的一段话总结了自己对打工女孩及中国农民工乃至整个中国社会的认识。在这一部分叙述中，张彤禾把她对受访者的选择视为"碰巧"，但她同时也认为愿意与自己交谈的是那些更愿接受新事物，进而也是有雄心的人。如此看来，这种"碰巧"之中恰包含了作者对书写对象的过滤和选择，吕清敏和伍春明正是因为果敢和开朗才能够"碰巧"和张彤禾认识，二人也是因为这些性格特点而成为"改变命运"的"奋斗者"。作者进一步把两个女孩的奋斗故事与发展的中国做

① 张彤禾：《打工女孩：从乡村到城市的变动中国》，张坤、吴怡瑶译，上海译文出版社，2013，第11页。

了象征性对应关系，并把她们背后代表的中国农民工的经历与 20 世纪美洲大陆的新移民做了一个对照，在这样一个递进的逻辑关系中，打工者被视为离乡的农村精英、城市中的奋斗者，最终跨越阶层，实现个人的成功。① 至此，打工者的故事被张彤禾编织进了全球化时代奋斗改变命运的"美国梦"中，中国的未来，也被她预设了一个"美洲大陆"的远景。

相比于以上这部分叙述，张彤禾创作《打工女孩：从乡村到城市的变动中国》的背后立场在她的 TED 演讲中表达得更为明确。演讲中，张彤禾首先否定了西方社会对"世界工厂"里的打工者心存的负罪感，接着又抛出了基于个人两年时间里实地观察、采访而得出的观点："中国工人并不是因为我们对于 iPods 的无限渴求而被迫进入工厂的。他们选择离乡背井，是为了赚钱，为了学习新的技能，以及为了看看这个世界。"在张彤禾看来，即便打工者在工厂的生活条件如此恶劣，但依旧比他们在老家的条件要好得多，他们因此愿意"出去"，去"改变命运"。她还进一步驳斥了马克思的观点："同许多马克思坐在英国图书馆的阅读室里想出来理论一样，这一点，他错了。仅仅因为一个人用她的时间去制造一件物品，并不代表她就变成了这件物品。她用她赚的钱去做了什么，她在那个地方学到了什么技能，以及她如何被改变这些才是重要的。"演讲最后，张彤禾再次明确了自己的观点和立场："在中国，有 1 亿 5 千万像她一样的工人……而这个产业链的起点，就是'全球化'的风靡。从中国的农村到最终进入我们口袋里的 iPhone 和脚上的耐克还有手中的 Coach 手提包，这改变了数百万人的工作、婚姻、生活和思想。"②

通过以上的列举和分析我们可以看到，在张彤禾这里，改革开放促成的人口流动将中国女性从农村解放了出来，"全球化"给中国打工者带来的是一种福音，由此，张彤禾也对这一发展趋势下的中国女工、中

---

① 她们奋斗中的那些"不义之举"没有再被提及，如欺诈、勒索、偷窃、收回扣等。

② 张彤禾：《中国工人的声音》，TED 演讲，https://www.ted.com/talks/leslie_t_chang_the_voices_of_china_s_workers? language=zh-cn，访问日期：2012 年 6 月 30 日。

国打工者及整个中国的未来充满了期望。

《打工女孩：从乡村到城市的变动中国》图书腰封上，有一段来自普利策文学奖得主、《华尔街日报》前驻京记者伊安·约翰逊的推荐语："每个人都知道中国是世界工厂，但我是第一次在这本书中真正认识到中国工人的样子，身临其境。她给予他们一种力量和活力。他们不是牺牲者。"最后的这个语气坚定的判断句——"他们不是牺牲者"——表达了推荐者的观点，同时也是对作者张彤禾整部作品核心观点的提炼。但是，即便面对同一时代的同一群体，不同立场的知识分子、专业作家也会得出不同的判断，接下来我们将进入另一种针锋相对的观念体系中。

二、左翼代言者的非虚构"打工叙事"

与张彤禾《打工女孩：从乡村到城市的变动中国》的书写对象非常相似，潘毅《中国女工：新兴打工者主体的形成》的主人公同样是珠三角地区的外来女工。不过由于个人立场的显著差异，二者面对同一群体的调查与书写，通往了完全不同的方向：张彤禾基于对中国现代化进程的认同，召唤着"全球化"趋势中"世界工厂"里的个体奋斗者主体；潘毅基于对现行制度的不满，召唤在这种制度压迫中成长起来的具有对抗力量的新型阶级主体。虽然潘毅也意识到，在田野调查中"认知主体并不是价值中立的，是可以随意创造出认知对象的"①，但在最终呈现的非虚构文本中，主观立场与非虚构写作者的中性身份的碰撞却又无可避免。这种潜藏于文本之中的内在紧张关系，为我们分析作为代言者的非虚构"打工叙事"作家的主体身份提供了一个入口。

如果说潘毅的《中国女工：新兴打工者主体的形成》在书写对象上面对的还是 20 世纪 90 年代中期的工人，那么，吕途的《中国新工人：迷失与崛起》则与张彤禾的《打工女孩：从乡村到城市的变动中

---

① 潘毅：《中国女工——新兴打工者主体的形成》，任焰译，九州出版社，2011，第 16 页。

国》在书写对象上更为相似，同样是面向新世纪打工者。这里所说的两代打工者不仅仅在面对的物质条件上有所不同，由于 2003 年收容遣送制度的废止及中央政府对"以人为本""和谐社会"观念的倡导，打工者在城市的权益得到了更多保障，20 世纪八九十年代出生的新生代打工者更倾向于留在城市，而不是像其父母辈一样赚取资本后回到乡村养老。

张彤禾将进城并且留在城里的经历叙述成打工者的奋斗故事，认为这是打工者的"探险"，回乡则意味着"失败"。但在吕途的叙述中，打工者面对的却是"待不下的城市"和"回不去的农村"，他们的状态是"迷失在城乡之间"。吕途认为："打工者的工作、思想、消费观念城市化了，但是打工者的工资待遇、生活环境和社会保障没有城市化……打工者现在在城乡之间进退两难。"①

"迷失"是吕途《中国新工人：迷失与崛起》大部分篇章聚焦的一个关键词语，相对地，在《打工女孩：从乡村到城市的变动中国》中，吕清敏、伍春明虽然也在各种来自城市的诱惑和压制中浮沉，但张彤禾并不认为这是一种"迷失"，而是奋斗者对机会的不断寻求，是一种主观能动状态下的"突围"。张彤禾第一次遇见伍春明时，伍春明在外企工作，每月拿 8000 元工资，住在东莞市市中心宽敞的公寓里，已然是一位中产阶级女白领。但当作者两年半以后再次遇到伍春明时，她在一家小公司里拿着 1200 元的微薄薪资，居住在环境较差的地段，只有一个房间。面对明显的"阶层跌落"，伍春明却显得更加沉着，张彤禾对此做出的评论是："在一座以奔驰轿车来计量一切的城市里，春明竟然得以挣脱，形成了她个人的道德标准。"② 在张彤禾的叙述中，伍春明建构起了作为一个外来女工的个人主体性，挣脱了流行观念的束缚。

吕途在完成了《中国新工人：迷失与崛起》前三编以"迷失"为

① 吕途：《中国新工人：迷失与崛起》，法律出版社，2012，第 193 页。
② 张彤禾：《打工女孩：从乡村到城市的变动中国》，张坤、吴怡瑶译，上海译文出版社，2013，第 324 页。

关键词的访谈与论述后，接着创作了本不在计划中的第四编"新工人主体意识的形成"，原因是前面的部分让作者"有一种深深的无力感"，进而展开对未来希望的探求。吕途寻找希望的方式，就是追寻新工人的主体意识，而具体的方法是就"公平""自由""道德"三个概念对工友展开访谈，并展开分析。

在计划设定之初，访谈者内心都有对结果的假设性预想。比如，吕途认为打工者在社会中受到了诸多不公平的待遇，他们一定会认为社会是不公平的，并且会有意识地反抗这种不公平，但就实际的访谈结果来看，很多受访工友认为社会不公平是一种正常现象。在小标题为"没钱的人就要靠自己努力了——和工友谢永涛交流"的叙述内容中，谢永涛有这样一段发言：

> 我虽然说穷，但是我没感觉这个事情是错的。在每个国家都有穷人的，我们属于牺牲品。我没有抱怨过。靠自己努力，靠自己奋斗，希望过得更好。[1]

受访者首先认定了作为群体的"我们"是"牺牲品"，随后又在个体意义上期望通过"自己"的奋斗来"过得更好"。这种带有一定普遍性的观念，一方面符合吕途写作中所期待的群体意义上"牺牲者"的自我认定，另一方面，在应对方法上又通向了张彤禾所述的个体化奋斗路径。群体主体与个人主体在面对同一问题时体现的矛盾性，正是不同立场代言者展开言说的切入点。在吕途看来："如果打工群体主体性意识中对公平的看法是支持资本的逻辑的，那么打工群体要想改变自身的地位和改变社会就更加困难了。"[2] 吕途等左翼学者、作家对打工者有一种"哀其不幸"又"怒其不争"的态度：一方面为打工者的不良处境感到愤怒，为其奔走呼号；另一方面，又为打工者自身没有形成强烈的反抗意识而感到悲哀。

相比于吕途在写作中有意隐藏个人观念，尽力表现为一个帮助打工

---

① 吕途：《中国新工人：迷失与崛起》，法律出版社，2012，第281页。
② 吕途：《中国新工人：迷失与崛起》，法律出版社，2012，第266页。

者发出自己声音的非虚构写作者，左翼学者汪晖在为此书所写的序言中更为明确地申明了个人立场。汪晖首先从吕途选择使用"新工人群体"而非"工人阶级"概念这一点入手，认为"作为一个客观的社会群体，新工人可以定义为工人阶级"①。在确立新工人群体作为当下的工人阶级这一前提下，汪晖进而强调建立"阶级视野"，召唤阶级话语。汪晖对个人观念的申明，同时也是对《中国新工人：迷失与崛起》这部作品潜在立场的申明和深化——就像伊安·约翰逊在《打工女孩：从乡村到城市的变动中国》腰封上写下的文字一样。

这些"左""右"对垒的观点，形成了"文化的战场"，于非虚构这种写作形式而言，则表现出对"真实"的争夺。我们无法指出张彤禾与吕途所进行的非虚构"打工叙事"何种为"真"，何种为"假"，双方只是选择了"真实"的不同侧影，而选择的背后，是立场对峙的写作主体，以及主体心中潜藏的不同未来图景。

第三节 "新工人作家"：规训与抗拒

在 20 世纪的中国革命历程中，对工人作家的培养一直是文学大众化和无产阶级文艺建设的重要构想，然而，这一构想的目的并非全然为了实现工人的主体性构建与个人解放，其背后交织着颇为复杂的规训力量。进入改革开放新时期后，自发形成的新样态的打工文学与工人作家，一样面对着官方意识形态外加资本力量的规训。进入新世纪，新工人作家在面对无可逃避的多种规训力量时，如何选择在接受与抗拒之间尽可能保持自身主体性，是本节要探讨的问题。

---

① 吕途：《中国新工人：迷失与崛起》，法律出版社，2012，第 4 页。

一、工人作家"规训史"

如本章第一节所述，打工者已在自行发起的文化实践中构建起了主体意识，逐渐成了能够自我言说的新工人主体。文化实践中的文学实践，也让新工人得以成为拥有书写能力的"新工人作家"。新工人作家的出现，一方面源于新世纪以来新生代打工者日益强烈的文化诉求，另一方面源于传媒技术的变革拓宽了新工人的发声渠道，使他们不再单纯处于失语和被代言的状态。

在张慧瑜看来，新工人文学之所以"新"，有三个基本内涵：首先是创作主体具有新工人身份或生活经验；其次是具有工人身份的自觉性，对现代、工业等文明具有批判意识；最后是追求更加平等、公正的未来。① 这三个基本内涵不仅指向新工人文学之"新"，也是对新工人作家提出的要求。论者所期待的"新工人文学对工人身份的某种自觉"，其实是为了把新工人文学放置在 20 世纪的历史进程中来做对比考察，以此追寻新工人在政治经济体制性变革中失却的东西。然而，20 世纪的那几个特定阶段真的是工人作家与工人文学"失落的乌托邦"吗？

自"五四"文学革命之初，建设"国民文学""平民文学"成为知识分子的一项夙愿，但在鲁迅看来，"五四"文学革命并未发展出真正的平民文学，"因为平民还没有开口……现在的文学家都是读书人，如果工人农民不解放，工人农民的思想，仍然是读书人的思想，必待工人农民得到真正的解放，然后才有真正的平民文学"②。循着鲁迅提出的路径，左联作家找到报告文学这一文体作为让平民开口说话的突破口。左联刊物《文艺新闻》在 1932 年刊发专论《如何写报告文学》，副标题是"给在厂的兄弟"，文章大力倡导报告文学这一"劳苦大众自己的文学"，认为在厂的兄弟作为劳苦大众，他们的书写正是最真实、有力

---

① 张慧瑜：《另一种文化书写：新工人文学的意义》，《文艺评论》2018 年第 6 期。
② 鲁迅：《革命时代的文学》，载《而已集》，人民文学出版社，2006，第 19 页。

的报告。① 有意思的是,这篇专论的作者一边在文章中大篇幅转述川口浩《报告文学论》中的内容,一边又明显违背川口浩的观点,把劳动通信也归置到了报告文学之内。在川口浩看来:"劳动通信和报告文学,普通被当作同义语一样……两者的机能,完全两样,因为前者不是文学,而后者却是纯然的文学。"② 左联作家对劳动通信与报告文学间区别的刻意模糊,是出于建设报告文学这一无产阶级文学样式的需要,也是培养无产阶级作家的需要,期待着工人、农民能够从"毫不修饰地对大家报告"这种通信式的写作出发,以达到"社会主义的目的"。很显然,在这一时期内,左联以报告文学为名对工人、农民进行写作动员有着强烈的目的性,那么在这种情况下,工人农民的思想是否还是鲁迅所说的"读书人的思想"呢?

1949 年新中国成立,工人阶级成为《中华人民共和国宪法》规定的领导阶级,工人从受奴役、受压迫的弱者"翻身"成为国家的主人。这一政治身份的变化也要求着工人在文化层面进行实践。不同于 20 世纪 30 年代左翼知识分子主导的文艺大众化运动,20 世纪 50 年代开启的无产阶级文化建设是国家意识形态主导的,有了政治力量的强力辅助,工人作家的成长更为"迅速",但在另一方面,这种强力的辅助力量又限制了工人作家真正的成长。这一矛盾性在茅盾写给工人作家胡万春的信中可以窥见。茅盾首先非常谦逊地赞扬了胡万春的创作成果,但是这种谦逊中包含着某种无可奈何。茅盾所做的这种铺垫,是为了委婉批判:"然而不利之处亦在于此,——因为不是自己碰了多少钉子而得的结论,所见有时就不深,所知有时就不透,此在写作中会出现概念化。"③ 茅盾没有将批评的矛头直接指向工人作家的培养者,也没有指向具体的工人作家个体,而是用辩证的方式把问题引到"你们"的主体性探索的缺失。主体性的缺失,自然会导向对"培养者"所传达指

---

① 《如何写报告文学》,《文艺新闻》1932 年 6 月 6 日第 58 号。

② 川口浩:《报告文学论》,沈端先译,《北斗》1932 年第 1 期。

③ 茅盾:《致胡万春》,《文汇报》1962 年 5 月 20 日。

令的概念化演绎。

从阿尔都塞的意识形态理论来看,意识形态有将个人"询唤"为主体的能力。他指出,意识形态结构是以大写的主体之名义,把个人建构为主体,这些被建构起来的主体不过是大写主体的镜像复制。"意识形态复制的镜像结构同时保证:1. 把'个人'询唤成主体;2. 主体臣服于(大写的)主体;3. 主体和(大写的)主体互相承认,主体和主体彼此承认,以及最后是主体承认他自己;4. 对上述三点的绝对保证并践行。"① 意识形态所询唤的主体在这种臣服和承认机制中,变成自动工作的主体。

由此看来,即便在工人阶级名义上获得了国家主人地位的这一时期,工人作家也并未能作为真正的主体出现,更谈不上文化领导权的问题。但从另一个方面来看,当时的工人们获得的政治承诺、生活保障、劳动尊严等,确实促发了他们内在的政治认同与劳动热情,这是新世纪打工者几乎完全不具备的。或许,这一点才是左翼知识分子看重和怀念的。

在改革开放的新历史阶段,两类工人同时存在着,一类是传统的国企工人,另一类是常被称为"农民工"的进城务工人员。对于前者而言,曾经在"大写的主体"的询唤下风光无限的工人文学也逐渐走向沉寂;对于后者而言,则形成了与改革开放之前工人文学完全异质的打工文学。

不同于工人文学自"五四"文学革命以来由知识分子启蒙或国家意识形态询唤,打工文学是在改革开放的最前沿阵地,由打工者内部自发而成。从林坚 1984 年发表的《深夜,海边有一个人》开始,打工文学慢慢进入公众视野,其中很重要的一位推动者便是就职于深圳文化系统的评论家杨宏海。虽然打工文学发源于打工者内部,通过《大鹏湾》《佛山文艺》《打工族》等刊在打工者群体内引发巨大关注,但其倡导

---

① 路易·皮埃尔·阿尔都塞:《列宁和哲学》,杜章智译,远流出版社,1990,第198页。

者的官方背景使得打工文学在发展方向上更多体现出官方意志的引领:一方面将打工文学作为一种发源于深圳的新文学现象向全国推广,另一方面树立作为打工者"偶像"的打工作家典型。前者带有一种政绩宣传的意味,后者则以树典型的方式将打工文学从对抗性话语导向主流话语。从打工妹到打工作家再到企业家的"打工皇后"安子,便是打工文学在官方意识形态倡导下树立的典型,而安子也非常"识时务"地顺势转型从商,完成了前网络时代的"流量变现"。除安子外,周崇贤、张伟明、林坚、黎志扬等其他几位早期打工文学作家也都进入体制内,或转型从商。

二、与规训力量博弈

从以上历时性的回顾来看,不论是"五四"以来由知识分子发动,还是新中国成立之后由国家意识形态主导,又或是改革开放后发生于打工者内部又经官方意识形态引导,整个 20 世纪的工人文学发展都处于各种规训力量的制约之中。如福柯所言:"'规训'既不会等同于一种体制也不会等同于一种机构。它是一种权力类型,一种行使权力的轨道。它包括一系列手段、技术、程序、应用层次、目标。"[①] 对于新工人作家而言,虽然已经逐步成长为具备自我言说能力的主体,但这并不意味着新工人作家及其文学实践能够就此按照主体意志发展下去,在福柯所示的现代规训社会中,无处不在的规训权力与规训技术包围着新工人作家。在面对知识分子代言者、资本及主流意识形态等规训力量时,新工人作家如何应对?我们将以皮村文学小组的相关实践为案例,试分析新工人作家与外在规训力量的复杂关系,以及其如何在规训与反抗规训之间寻求平衡。

2009 年 1 月,北京工友之家主办了"第一届打工文化艺术节"(2009 年 10 月举办第二届并更名为"新工人文化艺术节"),在此期间

---

① 米歇尔·福柯:《规训与惩罚:监狱的诞生》,刘北成、杨远婴译,生活·读书·新知三联书店,2019,第 232 页。

举行的"劳动文化论坛"上,北京工友之家的发起人之一王德志谈到新工人的文化建设问题:

> 怎样才能有自己的文化:1. 要自己建设。文艺来自生活,谁有生活,是打工者。有那么多的生活,为什么没有自己的文化阵地:吸纳知识分子,团结可以团结的人;2. 利用主流文化;3. 发展新的伙伴,形成新的联盟;4. 最后一点,先干起来。[①]

王德志所提的"吸纳知识分子"这一点,不同于以往有关工人文化的策略:既不由知识分子主导,又不排斥知识分子,而是在保持主体性的前提下把知识分子团结进来,建设新工人自己的文化阵地。

本着这一原则,2014年北京工友之家成立文学小组,公开招募教授写作的文化志愿者。中国艺术研究院的副研究员张慧瑜看到招募信息后,报名成为皮村文学小组的指导老师,除2015—2016年一年时间出国访学外,张慧瑜坚持每周周末晚上到皮村为文学小组授课两小时。在课程内容方面,张慧瑜会给皮村工友们分享社会、历史事件,共同分析现当代文学经典作品,也会一起探讨工友们创作的作品。[②] 除张慧瑜外,也有另外一些作家、学者参与文学小组的活动,如刘忱、孟登迎、李云雷、师力斌、黄灯、张朝霞、符鹏、沙垚、王洪喆、西元、郝庆军、鲁太光、王伟、谢俊、袁凌等。从这份教师名单来看,此中多数作家、学者偏向于左翼立场,他们的教学也不可避免地透射着个人的立场与观念。比如,张慧瑜一方面认为他与文学小组的工友们是一种"圆桌式的关系",更像平等分享而非老师与学生;另一方面,他又会对工友之家电影小组的工友们喜欢看武侠片、娱乐片有所不满:"我总想着给他们放点更艺术的或是与工人相关的电影。"[③]

---

① 黄传会:《中国新生代农民工》,人民文学出版社,2011,第159-160页。
② 陈灿:《"范雨素们"和他们的老师》,人民网,http://culture.people.com.cn/n1/2017/0427/c1013-29241638.html,访问日期:2017年4月27日。
③ 陈灿:《"范雨素们"和他们的老师》,人民网,http://culture.people.com.cn/n1/2017/0427/c1013-29241638.html,访问日期:2017年4月27日。

在这种状况下，王德志设想的"吸纳知识分子"来建设新工人自己的文化这一路径，逐步地、同时很难避免地转向了左翼知识分子引导下的新工人文化建设。知识分子与工人结合的问题又一次摆在了新工人文化、新工人文学建设的面前。在此情况下，通过知识选择和观念形塑，差异性的、多元化的新工人主体是否又会被统合为一个面目模糊的群体性主体呢？我们可以从范雨素的案例中尝试做些分析。

范雨素在大众视野中的出场，是由于其发表在"正午故事"上的那篇非虚构作品《我是范雨素》短时间内引发了巨大的阅读量。在那篇作品中，范雨素以自我书写的方式和轻盈的笔法讲述了自己大半生的经历：少年时离家出走、青年时进京打工、家族成员的各自命途、打工见闻及皮村生活。在这里，非常重要的一点是，范雨素很着意地在突出"我"，从作品的题目"我是范雨素"便可一目了然。"我"首先是一个特殊的范雨素个体，然后才带有群体性的那些标签：育儿嫂、农民工或者新工人。换言之，在被划归为底层书写代表的《我是范雨素》中，最为凸显的是一个争取尊严、权利的现代公民形象，范雨素在文章中所表达的诉求，首先是作为一个现代公民权利主体的诉求。只不过这些诉求在当下社会中足具底层代表性，所以范雨素的书写才能在阅读接受过程中被归为阶层叙事，作者自身并没有阶层观念："他们非要把人分成三六九等是他们的事儿，我的眼里没有阶层。"[1] 对阶层观念的超越，使得范雨素有了现代公民意识，她的新工人写作也成为现代意义上的公民写作。也正是因此，《我是范雨素》这篇作品中并没有用悲情化的方式来渲染阶层苦难，以博取读者的同情。文章中并非没有苦难，来自生活的辛酸和不公并没有被她刻意隐去或粉饰，比如打工者子女的教育问题、农村占地拆迁问题，但在叙述这些话题时，范雨素表露出的不再是一种悲情的底层受难者姿态，而是站立为一个现代公民来表达个体诉求，以及隐于文字之间的个人批判。

---

① 范雨素、韩逸：《我还是范雨素》，每日人物，http://www.yidianzixun.com/article/0I3by3NY，访问日期：2018年1月4日。

范雨素认同并非常感激皮村文学小组为包括她个人在内的打工者提供的文化服务,同时她又能在写作中以"自由""平等"为追求和信念,保持一个鲜明的主体形象。这是范雨素作为新工人作家所体现出的一大重要意义。在以非虚构作品《我是范雨素》成名之前,范雨素就一直在构思一部科幻类型的长篇小说《久别重逢》。在她的构想中,"想通过这本科幻小说,将过去、现在、未来叠加在一起,表达如果突破时空的界限,'人和人之间并没有阶级差异,是自由和平等的'"①。由于该长篇作品在题材方面非常特殊,出版事宜进行得并不顺利,出版社更希望她能写一本与个人经历有关的现实作品,但范雨素依旧坚持着《久别重逢》的原有构思,坚持着她对阶级、自由和平等的探讨,哪怕这会让出版陷入僵局。

成名之后的范雨素非常清醒地警惕着资本的规训与媒体话语的形塑。《我是范雨素》的爆红,引来不少资本关注,据范雨素所言,"今日头条"编辑直接带着合同找来,请她每月创作四篇稿子,每一篇给1500元。还有主办方邀请范雨素出席活动,只要坐在那就给10000元。对于这些邀请,范雨素一一拒绝,并直言"这是在消费我"②。面对蜂拥而至的媒体,范雨素非常慎重地选择其中一部分接受访谈,即便更多、更持久的曝光意味着更大的知名度。范雨素很清晰地意识到,接受名利意味着某种交换,意味着她需要接受对方出于一定目的的包装和塑造,成为一个浮于主体之外的符号。对于这一点,郑小琼有过切身感受:"我知道媒体在选择报道我时,它们会把我当作一个选题。"③ 郑小琼对媒体的话语形塑有着警惕,她担心自己会被塑造成张彤禾笔下那种跨越阶层的奋斗者、成功者形象,但她最终还是没有完全战胜这种形塑力量。

范雨素对名与利的拒绝,让她注定无法像20世纪90年代打工文学

---

① 王珊:《范雨素的真实与不真实》,《三联生活周刊》2021年第22期。
② 范雨素、韩逸:《我还是范雨素》,每日人物,http://www.yidianzixun.com/article/0I3by3NY,访问日期:2018年1月4日。
③ 郑小琼:《女工记》,花城出版社,2012,第253页。

作家中的安子一样获得商业层面的成功，也无法像余秀华一样凭借持久的媒体曝光度成为专职写作者。与皮村文学小组的其他写作者一样，范雨素并没有把文学写作当成可以改变命运的阶梯，她依旧选择以体力劳动为生，同时继续着自己的写作。

回到王德志在 2009 年提出的发展新工人文化（文学）的设想，如果要"吸纳知识分子"和"利用主流文化"，便会不可避免地受到这两股规训力量的影响；如果拒绝这些外部援助，那新工人文化（文学）的发展可能会一直处于孤立发展的边缘状态。范雨素的例子很好地体现了这一点，如果没有知识分子在其中牵线搭桥，《我是范雨素》很难被那么多人看到；如果不是范雨素的"走红"，皮村文学小组及北京工友之家的文学与文化实践也很难进入公众视野。从这一点来看，新工人作家与他们所面对的规训力量处在一种辩证的相互制衡当中，一方面作为被规训者不可避免地受到一些影响，另一方面也在努力抗拒着规训。新工人作家与这些规训力量的博弈也将一直伴随着自身发展而持续下去。

第四章

景观化：新世纪非虚构『打工叙事』的场景分析

　　法国思想家居伊·德波最早在《景观社会》中提出"景观"（spectacle）概念，台湾学者倾向于把"spectacle"翻译为"奇观"，但在大陆学者张一兵看来，这个词并没有什么惊奇之意，他认为，"（景观）意味着，存在颠倒为刻意的表象。而表象取代存在，则为景观"①。存在与表象的颠倒关系是景观形成的一个基础，德波这样表述从存在到表象的历史"滑坡"过程："经济对社会生活进行统治的第一阶段，在对任何人类成就的定义中，曾经导致一种从存在滑向拥有的明显降级。而通过经济的积累结果对社会生活进行整体占领的当今阶段，正在导致一种从拥有面向显现的总体滑坡，而任何实际的'拥有'只能从这种滑坡中获取它的即时名望和最终功能。"② 从"存在"到"拥有"再到"显现"的滑落，正是当下社会的一种表征，客观存在的东西已经不再最为关键，对存在的呈现则跃升为绝对焦点。

　　德波进一步阐述这种颠倒关系："在现实世界自行变成简单图像的地方，这些简单图像就会变成真实的存在，变成某种催眠行为的有效动机。景观作为一种让人看到的倾向，即通过各种专门化的中介让人看到不再能直接被人们抓取的世界，它正常情况下会在视觉中找到特别的人类感官，而这种感官在其他时代曾经是触觉。"③ 在德波的论述里，被看到的景观（图像）实现了对"真实的存在"的取代，如果我们把非虚构写作中的场景书写与德波的景观理论做一个对应，就会发现作者通过文字编码的方式复现的非虚构场景呈现给读者的同样是"不再能直接被抓取的世界"，而基于作者与读者间关于非虚构的"真实性"契约，场景的阅读（观看）者将文字解码后的图像承认为"真实的存在"，于是，非虚构写作中的场景成为一种"表象取代存在"的景观。

　　当非虚构作家以场景化方式向读者呈现"真实"时，他们所提供的实质上是一种以让人看到为目的的景观。相应地，在非虚构"打工叙

---

　　① 居伊·德波：《景观社会》，张新木译，南京大学出版社，2017，"代译序：德波和他的《景观社会》"第 13 页，脚注⑤。

　　② 居伊·德波：《景观社会》，张新木译，南京大学出版社，2017，第 8 页。

　　③ 居伊·德波：《景观社会》，张新木译，南京大学出版社，2017，第 8 页。

事"中，写作者对劳动场景、生活场景、娱乐场景的书写也带有景观化色彩。这种景观化与非虚构写作强调的"非虚构性"形成一种紧张关系，导向一种新的非虚构写作真实观。

第一节　劳动场景与生活场景的景观化

一、劳动中的"身体景观"

劳动场景是非虚构"打工叙事"中写作者最着意刻画的一部分，通过此类场景，作者将劳动的场面"画面"一般地呈现给读者。在这种呈现中，作者往往会选择具有冲击力的一些视觉化场景，从而形成鲍德里亚所说的"拟真化"的"超真实世界"①。在非虚构的劳动场景书写中，劳累的身体、受伤的身体甚至身体的消亡构成了这类景观的最强冲击力。

"劳累的身体"是劳动场景中最常出现的一种符号，也是现代工业生产对打工者产生压制的最普遍表征。在阅读非虚构"打工叙事"作品时，我们经常能够"看"到流水线或者建筑工地上一个个劳苦、忙碌的身影。比如，在李若的《我是安装螺丝钉的螺丝钉》中，作者写到流水线上工人安装螺丝钉的劳动场景："前段的人已组装好插头，流水线把半成品流到我面前，我要飞快地拿起一个盖子扣上去，要扣得刚刚好，上下左右都对齐；再在四个角的小孔里安放上四颗螺丝钉，每次

---

① 鲍德里亚用"呈现"代替"表现"来描述"超真实世界"的运行方式："在真实世界中，起主导作用的是'表现'（representation），这是对真实世界的再现和反映，而在超真实世界，'表现'让位于呈现（presentation），这是模型所带来的直接呈现，是一种真实的'秀'（show）。"转引自仰海峰《超真实、拟真与内爆——后期鲍德里亚思想中的三个重要概念》，《江苏社会科学》2011年第4期。

放螺丝钉我都要像武林高手一样稳、准、狠，一次搞定，一刻都不能停，因为后面产品很快又跟来了……一天下来腰酸背疼，浑身像散了架似的，躺在床上完全不能动弹。"①　如文章题目中所写，"安装螺丝钉"是"我"在流水线上的工作内容，但作者又把"我"自比为"螺丝钉"，并且是一枚为了安装螺丝钉而无比劳累的"螺丝钉"。

"螺丝钉"意象，曾意味着社会主义事业建设中的奉献精神和服务精神，"螺丝钉精神"如今也还经常在主流宣传话语中显现。然而，在李若这里"螺丝钉"仅仅是工业流水线上微不足道但又承受着巨大工作劳苦的一个工具性存在。借助"螺丝钉"象征性意涵的转换，李若重新安置了劳动者在工业生产中的位置，也表现了劳动者在劳动过程中的被动性。由此，读者在阅读这篇作品时不仅会与"劳累的身体"共情，也会对"掉在地上的螺丝钉"产生一些共情。这两个层面的认同感，让李若这篇文章取得了很不错的传播效果。

李若在"网易人间"网站和公众号发表的其他文章阅读量都比较高，被编辑称为"流量女王"。比如，在《八个农村老家的真实故事》中，李若写下了儿童误食农药死亡、留守儿童意外死亡、看病致贫、赌博致贫、养老难等八个农村故事，这些故事构成了一种令人无奈的悲惨乡村景观，也因此获得了广泛传播，收到 21238 条评论。李若的非虚构乡土书写能够获得高流量，像是掌握了某种"流量密码"，而这种密码正是对乡村的奇观化呈现。不可否认李若的写作具有某种"真实性"，但这种片面性的呈现却形成了一种乡村衰败"景观秀"。李若对劳动场景书写中"劳累的身体"之呈现，也并非不"真实"，而是某种被刻意营造的"真实"，如德波所言："在被真正地颠倒的世界中，真实只是虚假的某个时刻。"②

"受伤的身体"是劳动场景中比"劳累的身体"更具冲击力的一种呈现。在《铁·塑料厂》中，郑小琼书写了自己在五金厂工作时的一

---

①　李若：《我是安装螺丝钉的螺丝钉》，网易人间，https://www.163.com/renjian/article/BCGD40G1000153N3.html，访问日期：2024 年 10 月 9 日。

②　居伊·德波：《景观社会》，张新木译，南京大学出版社，2017，第 5 页。

次工伤经历:"我的手指不小心让车刀碰了一下,半个指甲便在悄无声息中失去了。疼,只有尖锐的疼,沿着手指头上升,直刺入肉体、骨头。血,顺着冷却油流下来。"郑小琼先将个人身体的疼痛以视觉化的方式展现出来,如果仅是描述个人的疼痛感,读者可能还无法感同身受,当作者将笔触移到"肉体""骨头"及顺着冷却油流下的血时,疼痛的感觉通过文字构建的画面准确地传递给了读者。紧接着,郑小琼又写到医院中受伤的打工者,"他们有的伤了半截手指,有的是整个的手,有的是腿和头部。他们绷着白色的纱布,纱布上浸着血迹"①,这些同样来自外地的打工者,他们的伤都比"我"严重,"我"仅仅是失去了半个指甲,而他们伤了半根手指甚至整只手。

说到这里,不得不提郑小琼关于"断指"的叙述。正是凭借上述这篇《铁·塑料厂》,郑小琼获得了《人民文学》"新浪潮"奖项,被视作第一位获得主流权威奖项的打工作家。在获奖感言中,郑小琼谈到她在报纸上看到的珠三角每年有超过四万根断指的信息,并将之进行文学化表述:"这些断指如果摆成一条直线,它们将会有多长,而这条线还在不断地、快速地加长之中。"②郑小琼的演讲在颁奖会现场赢得了阵阵掌声,"四万根断指"显示着背后"受伤的身体"的群像,形成一种巨大的心理冲击和由苦难意象形成的美学冲击。虽然郑小琼后来解释道,她当时说出这段话时,所关注的是进城农民工的非正常死亡,重点并不在于人们所关注的"断指"和"四万根"这个数字。③但对于她的读者,尤其是中产阶级读者——奖项的评审者、台下的观众——而言,"四万根断指"的苦难意象显然颇具感染力和冲击力。尽管郑小琼执着地认为自己有责任把这些伤痛用"瘦弱的文字"记录下来,但这些文字却在文学场中不幸地成为景观化的消费品,"受伤的身体"成为中产阶级抒发悲悯情怀的消费对象。

"身体的消亡"也即郑小琼关注的"农民工非正常死亡",是劳动

---

① 郑小琼:《铁·塑料厂》,《人民文学》2007 年第 5 期。
② 郑小琼:《女工记》,花城出版社,2012,第 179 页。
③ 郑小琼:《女工记》,花城出版社,2012,第 180 页。

场景中一种极端化的身体呈现，代表着打工者"苦难"的最大化，常伴随着最危险的劳动场景出现。在陈年喜的非虚构作品中，与炸药为伴的爆破工是离死神最近的一群人，他们不仅可能死于爆炸，也可能死于炸药的剧毒或者爆炸引发的缺氧。陈年喜往往把笔下矿井中的死亡处理得很"轻"："那天正是八月十五中秋节，中午干活儿，下午放假，吃月饼和红烧肉。差几车才够八十车，就让一个姓李的下去顶炸药包。他用打火机点导火索，点了几十下，也没点燃，打火机受不了，不发火了，就打电话上来让放一个打火机下去。打火机才放到井口吊斗上，下面轰的一声……三班人日夜不停，扒通了巷道，见一个人完完好好地在里头坐着。他是缺氧死的。"① 短句句式，举重若轻的情感处理方式，显示出一种刻意营造的美学效果，这也许跟陈年喜多年的诗歌写作经历相关。

在开始创作非虚构作品之前，陈年喜已经是一位有名的"矿工诗人"，尽管他本人很排斥这个标签，但出身底层的写作者往往都会被打上这样一个身份化标签，就像郑小琼被称作"打工诗人"，余秀华被称作"脑瘫诗人"，范雨素被称作"育儿嫂作家"……这也是媒体或者出版方的一种景观式策略，以博取更多文学消费者的眼球。从诗歌转向非虚构写作，不乏经济层面的考量。在接受了颈椎手术治疗后，陈年喜不得不离开矿山，在贵州一家景区做文字工作，每月拿4000元工资，没有养老保险。相对于诗歌写作的微薄稿费，非虚构写作能够带来更丰厚的收入，"一些媒体找陈年喜做特约撰稿，上千元的稿费让他心动"。但相比于写诗时的"因为我有话要说"，掺入经济考量的非虚构写作却让他时常陷入无感状态：多数写作还是围绕打工生活与矿工题材，可落笔时，画面不再清晰地浮现，没有了"想要诉说的感觉"。② 没有了强烈的"感觉"，却又要为身体的医药开销、儿子上大学的开销、家庭生活的开销不停地写，曾经的矿工、爆破工生涯成了陈年喜在人生下半场

① 陈年喜：《活着就是冲天一喊》，台海出版社，2021，第55页。
② 卫诗婕：《爆破无声：一个矿工诗人的下半场》，GQ报道，https://mp.weixin.qq.com/s/EL07gzvab_ey1oRdkdeJUA，访问日期：2020年5月11日。

继续开掘的矿藏，那些与炸药相伴的"身体的消亡"，也成了他能呈现给读者的"富矿"。

作为纪录片《我的诗篇》中的主要人物之一，陈年喜受邀参加美国之行，并在耶鲁大学的交流活动中发表演讲。演讲中，陈年喜对观众讲述了自己的矿工生涯，以及矿洞中那些"身体的消亡"。与郑小琼一样，陈年喜也认为自己有责任记录下这些，虽然这些文字无法让矿工免于死亡，但作者所希望的是"后来者能从其中看到这个无限遮蔽迷幻世界的一鳞半爪"①。不知台下的耶鲁听众想象着陈年喜所说的"飞舞的石头"及死亡的数字时，是否也会和郑小琼曾经面对的听众有一样的反应。但在有的学者看来，这些作品产生的意识形态效果类似于"健怡可乐"或"低因咖啡"，"'我们'可以放心地享用可乐和咖啡的味道，却不用担心可乐与咖啡的危害"②。观众在一个安全的距离上旁观这种痛苦，这种痛苦景观的呈现者，也并不一定完全出自无意识，而往往是在写作中进行一种有意却又无法自行承认的"自我景观化"。

二、生活中的"住所景观"

对于大多数打工者而言，劳动之外衣食住行等生活事项的开支需要被缩减至最低值，才能保证辛劳获取的资产得以最大化积累，因此，简陋的生活环境往往成为不得已而为之的选择。他们租住在"脏乱差"的城中村、拥挤的工厂宿舍，或者建筑工地上的一些临时性住所，相应地，非虚构"打工叙事"中的生活场景，常呈现为一种拥挤、破败的景象。张彤禾在 TED 演讲中谈到流水线上女工的生活问题，在她看来，女工们满足于在外界，尤其是西方世界看来"牢狱般的生活条件"，原因之一是即便是这样的生活环境"也会比她们在中国农村的老家的条件好得多"；原因之二是女工们来到城市是为了通过努力奋斗实现个人的

---

① 陈年喜：《活着就是冲天一喊》，台海出版社，2021，第 235 页。
② 罗岗、田延：《旁观他人之痛——"新工人诗歌""底层文学"与当下中国的精神状况》，《文艺争鸣》2020 年第 9 期。

阶层跃升，她们"根本不在乎"当下生活条件的艰辛。[1] 这是张彤禾作为外在于女工的专业作家，基于个人价值观念做出的判断，虽然她一直强调自己花了两年时间来了解这些女孩子的想法，但她并没有真正从内部体验过这种打工生活及打工者的真实生活环境。当外在的书写者对打工者生活环境进行体验后，笔下呈现的则是另一番样貌。

梁鸿探访在西安打工的梁庄亲友时，对打工者出租屋的厕所进行过着重描写："水泥地板上是厚厚的、颜色暧昧的污垢，抽水马桶的盖子、坐板、桶体都是黑的，微透着原来的白色。靠墙的角落放着一个垃圾桶，被揉成各种形状的卫生纸团溢出来，散落在四周的地上……满屋让人憋气的污浊气味。"[2] 这样的厕所让习惯了城市现代化公寓生活的梁鸿无法接受，在忍了又忍、寻找公厕无果的情况下，她只能"用一层层卫生纸垫着"，艰难地完成了这次如厕。而面对在厕所水池里洗过又成为盘中餐的那些菜时，梁鸿为了证明自己不在意这些，便强迫自己吞咽下去。对于这些隔膜与不适，梁鸿是非常自知的，她不止一次地承认过自己是一位"不坚定的调查者"，每次离开那些拥挤、破败、不便的打工者生活场所，她都会有一种"略带卑劣的如释重负感"，然后"既无限羞愧又心安理得地开始城市的生活"。[3] 这种"无限羞愧"与"心安理得"，不仅是梁鸿作为短暂体验过打工者生活的非虚构作家的真切感受，作为读者，我们也一样跟随梁鸿所呈现的打工者生活场景进行了一次虚拟的景观式体验，然后又回到我们各自的现实生活，这种浸入式场景体验及体验之后的离开，也让读者站在一个安全距离上能够"如释重负"且"心安理得"。

我们尝试将目光从外在于打工者的知识分子、专业作家转向打工者自身的生活场景书写，在没有了外在的"中介性"导引后，打工写作者的生活场景描写将呈现何种样貌？

---

[1]　张彤禾：《中国工人的声音》，TED 演讲，https://www.ted.com/talks/leslie_t_chang_the_voices_of_china_s_workers? language=zh-cn，访问日期：2012 年 6 月 30 日。

[2]　梁鸿：《出梁庄记》，花城出版社，2013，第 35 页。

[3]　梁鸿：《出梁庄记》，花城出版社，2013，第 311 页。

建筑工姬铁见在作品中写到工地宿舍的脏乱场景:"臭,首先是臭,刺鼻的脚臭和鞋臭,散发着浓重的简直让我呕吐的臭味;其次是脏,地面上到处是烟头和纸片……接连不断的令人更加作呕的屁声,好像赶着比赛似的,一声比一声响,一阵比一阵急;零乱的物品,横七竖八的工具,油污的饭桌,陪伴着挤了满满一屋子的衣衫脏乱不整的男人。"① 姬铁见所描写的,是他已经居住了半年的宿舍,平日因为劳动忙碌与环境嘈杂而无暇在意,一次歇工才感受到这种脏乱感。与梁鸿相比,姬铁见"日记"中的生活场景描写已经没有了修辞的过滤效果与知识分子式的克制,而是直接以白描的方式来呈现建筑工的生活空间。在这样的环境里,姬铁见依旧尝试找寻诗意的"文学梦想",面对大雪覆盖的工地,想要刻意感受一下"诗意",但当这种对"诗意"的刻意找寻碰上因下雪误工而满面愁容的工人时,他感受到了"一种沉重",再也"捕捉不到那种细腻、轻盈的情感"。② 在姬铁见最后写出来的诗歌《我的宿舍》中,没有细腻和轻盈的情感,而是代以对原本作为水泥库房的宿舍里初冬时节那种寒冷感觉的描述。诗的最后,姬铁见写道:"这样描述/只是希望很多很多富了的还有衣食无忧的却仍不满足的人/不要忘了这个世界上还有很多很多远远不如他们的人。"③ 对个人居住环境之恶劣进行了详细描写后,姬铁见却在最后把书写的意义落脚在希望富有的人能够知足,这真是一个颇为怪异的逻辑。在这个怪异逻辑的背后,我们仿佛看见了书写者所预设的阅读对象,正是那些"衣食无忧却仍不满足的人"。

在姬铁见作品中出现的这种情况并非个例,书写打工者的非虚构作品往往并不为打工者所喜爱,不管对知识分子作家还是新工人作家的非

---

① 姬铁见:《止不住的梦想:一个农民工的生存日记》,九州出版社,2013,第32页。

② 姬铁见:《止不住的梦想:一个农民工的生存日记》,九州出版社,2013,第36页。

③ 姬铁见:《止不住的梦想:一个农民工的生存日记》,九州出版社,2013,第37页。

虚构"打工叙事"而言，都是如此。潘毅在《中国女工：新兴打工者主体的形成》中写道："我所关心的人们可能永远不会有时间或者有机会来阅读这本我为她们写下的书，尤其是以这种形式来书写的书。"① 张彤禾、梁鸿的作品虽然畅销，但主要读者并非打工者，而是中产阶级读者群体。如果非虚构写作陷入了中产阶级写、中产阶级读的内循环，那这种写作形式就将变得没有意义，没有生命力。

对于打工者创作的非虚构作品，打工者群体自身似乎也没有太多的感觉。《我是范雨素》爆火之后，在皮村文学小组的课堂上，小组成员每人读一段，然后进行文本分析，同样以非虚构写作见长的李若谈道："没看出来范大姐写的有什么特殊之处，因为我们都身在其中，写的是我们平常的生活。"② 因为本身就处在这种生活之中，打工者对书写自身的非虚构作品并没有感到特别，对其中的劳动场景与生活场景也都习以为常。

如此一来，不管出于有意还是无意，非虚构"打工叙事"中的劳动场景与生活场景都成了为"他者"准备的某种景观，尤其吸引着中产阶级读者站在较远的安全位置上出于陌生化和悲悯心的关注。

第二节 娱乐场景的景观化

工人在劳动与生活之外，还享有属于个人的"闲暇时间"。马克思对这种闲暇时间或自由时间寄予厚望，认为人在闲暇时间中进行自我发展能够带来个人解放进而带动整个社会的发展和解放，最终实现人的自

---

① 潘毅：《中国女工：新兴打工者主体的形成》，任焰译，九州出版社，2011，第194页。

② 武靖雅：《当"沉默的大多数"拿起笔》，"皮村工友"微信公众号，https://mp.weixin.qq.com/s/G-HrIx7zwEfO-wiQjT8ybg，访问日期：2017年7月6日。

由而全面的发展。在马克思看来，"整个人类的发展，就其超出人的自然存在所直接需要的发展来说，无非是对这种自由时间的运用，并且整个人类发展的前提就是把这种自由时间作为必要的基础"①。马克思还在人拥有充分闲暇时间的前提下，构想了未来共产主义消除劳动分工后的美好图景："在共产主义社会里，任何人都没有特殊的活动范围，而是都可以在任何部门内发展，社会调节着整个生产，因而使我有可能随自己的兴趣今天干这事，明天干那事，上午打猎，下午捕鱼，傍晚从事畜牧，晚饭后从事批判，这样做不会使我老是一个猎人、渔夫、牧人或批判者。"②

然而，在德波看来，虽然生产力的发展给人带来了更多的闲暇时间，但"现今的'劳动解放'，休闲的增加，绝对不是劳动中的任何解放，也不是劳动造就的某个世界的解放。在从劳动中窃取的活动中，任何东西都不能在对其结果的服从中得到"③。在当代社会中，消费景观的操控者早已预设好了人们在闲暇时间的行动模式，牢牢地将人的活动控制在自身轨道之内。可以说，德波的景观社会学说，从理论层面掐断了由必然王国通往自由王国的道路。

如德波的分析，在当代新工人劳动生活之余的闲暇时间中，休闲娱乐而非自我发展占据了主要位置。在新世纪非虚构"打工叙事"中，散布着对娱乐场景的描写，这些娱乐场景被复现为另一重景观，这重景观展现的通常是繁重劳动与艰辛生活之外的某种幸福感与满足感，是短暂而珍贵的欢愉时刻。

一、女性娱乐："物"的消费景观

丁燕在《工厂女孩》中展示了女工们在午饭之后短暂的娱乐场景："小王打开电视，放入碟片，蜘蛛侠被大力士一拳打倒在赛场，欢呼声咆哮而来，冲进耳膜，我们的身体瘙痒起来，止不住大笑。传说中的悲

① 《马克思恩格斯全集》第三十二卷，人民出版社，1998，第215页。
② 《马克思恩格斯选集》第一卷，人民出版社，1995，第85页。
③ 居伊·德波：《景观社会》，张新木译，南京大学出版社，2017，第12页。

凉、愤怒、不安和焦躁，此时此刻，被一颗糖、一段影像击碎，少女们的正午，轻快，明丽。"① 这样的休闲时光，对于女工们来说非常难得，作者也忍不住发出诗意般的感慨。但是，这种"轻快、明丽"的正午时光，却需要建立在颇为奢侈的消费基础之上。作者接着讲述了上述场景中的主角"小王"为达到这种生活水准而做出的消费努力：在旧货市场花 350 元买电视机、300 元买 DVD，再用 50 元买《盗梦空间》《变形金刚》《阿凡达》等的盗版影碟。"小王"同时还是个韩寒迷，买《独唱团》杂志，在韩寒的博客中留言，下载他的照片。当得知韩寒结婚后，"她剪掉长发，扔掉唇膏，穿上宽松的 T 恤。除了上班，她将几乎全部的业余时间用来看碟"。②

在"小王"的精神世界中，"文化"占据着重要位置，但文化的实现形式表现为一种文化消费。更为确切地说，是一种景观式的文化消费。"小王"对韩寒的迷恋，并不是对韩寒作为作家或其他具体身份的迷恋，而是对于大众传媒打造的"韩寒"——兼有才气、帅气、痞气——这一景观的迷恋。当得知韩寒结婚而打破对这一景观的迷恋后，"小王"又将兴趣转向了好莱坞商业大片这样的超级景观，从中获得新的快乐，同时也能够带给其他女工一段"轻快、明丽"的休闲时光。

丁燕在叙述"小王"的经历时，也不乏将她传奇化的倾向。《工厂女孩》中，这一章的题目就叫"怀揣菜刀的女孩"，讲的是"小王"在学厨师时买过一把价值 250 元的菜刀，走到哪都带着，"像江湖剑客有把好剑，从不轻易示人"。③ 在休息日，"小王"会带着菜刀去广州，与之前厨师班的同学一起炒菜、聚会，并趁机继续向他们借钱。表面看来，"小王"是一个特立独行的个体，但"小王"的潇洒及其文化娱乐其实是凯尔纳指出的"屈从式消费"，印证了凯尔纳所说的"对奇观的

---

① 丁燕：《工厂女孩》，外文出版社，2013，第 130 页。
② 丁燕：《工厂女孩》，外文出版社，2013，第 131 页。
③ 丁燕：《工厂女孩》，外文出版社，2013，第 132-133 页。

'屈从式消费'使人类远离对生活的积极参与和创造"①。并且，"小王"的文化消费都是建立在借钱的基础上的，因此更陷入消费景观的深深奴役之中。

被消费景观奴役的"小王"并非个例，女工们对城市文化的适应往往首先表现为对城市消费文化的追随。丁燕在《工厂女孩》中描写过女工在周末集体逛街购物的欢乐场景："周日邀约姐妹们去逛街，则是最开心的时刻。在商场里，细细看那些鞋子、服装、帽子、手袋、化妆品，总像获得了某种许诺：只要认真工作，总有一天，这些东西也将属于自己。逛街后，无论去快餐店、甜品店还是咖啡馆消费，皆 AA 制。结束一天的购物后，女孩子们会迫不及待地穿上新 T 恤衫、牛仔裤，到各个宿舍展示一番，掀起阵阵笑浪。"② 在消费文化的规训下，女工们习得了何谓"流行"，与心仪的商品"互换承诺"，在消费景观的引诱下获得"认真工作"的新动力。丁燕这里所写的内容，简直就像商场的广告宣传一般，透露出她对女孩们的行为的认可，对这种"开心时刻"的赞许。但对于丁燕所赞许的这种表面的欢愉，鲍德里亚曾悲观地指出，"不要相信关于休闲中自由的假象……消费的时间即是生产的时间。它之所以如此是因为它从来就只是生产循环中的一个'模糊'阶段"③。从女孩子们在橱窗前与景观化了的商品互换承诺那一刻起，休闲的时间即成了消费的时间，消费的时间又进一步转化为生产的时间——想要兑现承诺，必须更加努力工作，将自己更多地投入生产中。如此，便形成了一个以消费为动力的永续模式。

虽然逛街这种行为确实成就了女工们心中"最开心的时刻"，但在逛街过程中对景观的膜拜实则形成了一种新的异化，如德波所言："他越是凝视，看到的就越少；他越是接受承认自己处于需求的主导图像

---

① 道格拉斯·凯尔纳：《媒体奇观——当代美国社会文化透视》，史安斌译，清华大学出版社，2003，第 3 页。

② 丁燕：《工厂女孩》，外文出版社，2013，第 210 页。

③ 让·鲍德里亚：《消费社会》，刘成富、全志钢译，南京大学出版社，2014，第151 页。

中,就越是不能理解自己的存在和自己的欲望。"① 引导人们将商场橱窗中的物品作为欲望对象,而不再去思考真正的个人需求,这是景观得以实现统治的关键所在。作为作者的丁燕似乎没有意识到这一点,她也因此只呈现了事件的表层,对于深层的操控关系及其后果缺乏必要认知,只能将消费景观控制下女工们的娱乐场景再次景观化,陷入景观自我繁殖与无限复制的魔咒之中。由于非虚构写作仅仅呈现生活中有限的片段,我们无法看见"怀揣菜刀"的"小王"和那些与商品互换承诺的女工们最后过上了怎么样的生活,是否脱离了景观的奴役,是否理解了自己的存在和真正的欲望。在景观借助新的媒介技术进一步操控人们生活的今天,问题的答案可能并不令人乐观。

二、男性娱乐:"性"的消费景观

在打工者的娱乐场景中,还存在着相对另类却又普遍的一种,即与"性"相关联的娱乐。相比于女性工人对购物的痴迷,这些"性"的娱乐通常与男性工人关系紧密。

建筑工姬铁见在他的非虚构作品《止不住的梦想:一个农民的生存日记》中单独辟出一章"业余生活",来展现建筑工人业余时间的"精神追求"。他写到某天晚饭后工人们相约到附近村子看"晚会",这场"晚会"其实是村里办丧事请小歌舞团进行的一场表演,但表演的内容充斥着色情意味:"如跳舞,都是几个浓妆艳抹的女子穿着暴露的服装在台上卖弄风骚地抖奶子扭屁股;小品呢,净是什么《傻子泡妞》之类的黄段子,正儿八经的地方民间的艺术节目我一个也没有看到。"在这一处叙述中,叙述者也即作者表达了对乡村传统文化衰落、变异的不满,但同伴却告诉他:"这不算什么,很多时候,那些女子还跳裸体舞呢! 真正的裸体,裤头、奶罩全都脱了,看着可过瘾了。"② 原本慎终

---

① 居伊·德波:《景观社会》,张新木译,南京大学出版社,2017,第13页。
② 姬铁见:《止不住的梦想:一个农民工的生存日记》,九州出版社,2013,第142页。

追远的庄重丧葬文化，被以"喜丧"之名替换为狂欢化的情色表演，这不啻为一种当代"乡土奇观"，虽然作者在呈现这种奇观的过程中始终秉持着批判的态度，但这种批判更像是一种策略，让其自身能够站在道德安全区来观看"晚会"，以及观察同样观看晚会的同伴们。

在另一处对建筑工人业余时间的娱乐场景的描写中，"性"的消遣依旧是核心内容。因天气原因而无法上工，建筑工人们不情愿地获得了难得的休息时间。但在这自由的时间里，人们找不到其他的娱乐方式，只能仍以"性"话题为消遣。"一个老乡恶作剧地把一条黄色短信转发给另一个老乡，并怂恿他发给自己认识的一个女人……不多时，那个女人回复了，内容是把他骂了个狗血喷头。看着他们三人那前俯后仰的狂笑的模样，我感到无聊、厌烦透了。"① 有关"性"的恶作剧给恶作剧的制造者带来短暂的快乐，这种快乐在姬铁见看来是一种十足的恶趣味，让他感到无聊和厌烦，进而"为自己的人生和生活而莫名地伤感、忧愁"。在这里，作者道德化的批判已经上升为一种人生的悲哀。

除"业余生活"中有对"性"话题的娱乐消遣，《止不住的梦想：一个农民的生存日记》中还有一章"花事"专门写与情色相关的故事，涉及老家的性传闻、工友的嫖娼、工友的性玩偶等奇闻逸事，虽然依旧带着一层道德化审视，但不乏奇观化色彩。对于工友们的性娱乐和性消费，作者有着十分矛盾的看法，一方面站在道德高地批判它的庸俗和无聊，另一方面又认同它作为一种合理性存在。在谈及为什么要写有关"小姐"的内容时，姬铁见总结道："小姐和农民工，我总觉得好像是鱼和水的关系，谁也离不了谁。"②

姬铁见总结的这种"农民工"与"小姐"之间的"鱼水情"，在台湾非虚构作者林立青笔下有着类似但更为动情的书写。两个身体残缺、在工地领着微薄工资的工人相约去寻欢，但他们寻欢的对象却是不再年

① 姬铁见：《止不住的梦想：一个农民工的生存日记》，九州出版社，2013，第146页。
② 姬铁见：《止不住的梦想：一个农民工的生存日记》，九州出版社，2013，第157页。

轻且身有残疾的女性："年过五十的大姊背后有一整片的烧伤。另一个跟老板娘下来的大姊稍稍年轻，也可能只是身材较为消瘦，大约四十多岁，也或许接近五十了，正用胸部甩那些工人的脸，可是她的右手只有大拇指，原本应该还有手指的位置像是小叮当的手一样圆滑。"[1] 在这样克制甚至有意消解情感的叙述中，抒情的效果反而更为浓烈，让性消费的娱乐场景描写带上了一重悲情色彩。这种悲情是建立在理解、同情基础上的悲悯。

这些对性娱乐的理解或同情，大多存在于男性写作者笔下，在女性写作者那里，态度有所不同。当丁燕在厂区小店里翻阅专为打工者提供歌曲、影视文件下载业务而设计的"歌本"时，发现了一个"被翻得发黑"的本子："密密麻麻的目录中，'奶'字刺目，像闪烁在草丛中的匕首。大奶、二奶、豪奶、学生奶、少妇奶……这些词语提供出确凿的性信息。无论场景如何变换，都离不开那个中心词：奶。"她接着追问："正在走向现代化的中国，给艰辛劳作的打工者，预备了怎样的精神盛宴？"又进一步否定："其字里行间暗藏的性狂欢、性倒错，昭示出无比的粗陋和粗鄙。"[2] 显然，丁燕无法接受此类性消费品的存在，但从"被翻得发黑"这点来看，这些又都是颇畅销的"产品"。

不管是持道德审视、理解、同情的态度又或者是愤怒的质问，"性"的娱乐显然在男性工人的闲暇时间中占据着重要位置。在这种情况下，马克思构想的在自由时间里进行自我发展，随个人志趣而从事自己感兴趣的职业，并能在晚饭后从事批判的美好愿望在现实中被完全否定，闲暇时间都交由本能的欲望来统治。而把这些欲望催生出来的，又正是那些由"奶"构成的消费景观。

不论是女性工人对于物的消费，还是男性工人对于性的消费，其实都是出于景观诱导下被触发的本能。这些闲暇时间里的娱乐，确实为工人们带来了欢愉，但写作者们并不一定清楚短暂欢愉背后的支配性力量

---

① 林立青：《做工的人》，中国工人出版社，2017，第153-154页。
② 丁燕：《工厂女孩》，外文出版社，2013，第119页。

究竟何在，他们只是以文字编码的方式将这种欢愉的娱乐场景复现为一重景观。

第三节　"景观化"与"非虚构性"的对立统一

一、"存在之真"与"表象之真"

在《景观社会》中，德波一开篇就写下一段"异轨"① 自马克思《资本论》的著名断语："在现代生产条件占统治地位的各个社会中，整个社会生活显示为一种巨大的景观的积聚。直接经历过的一切都已经离我们而去，进入了一种表现。"② 本章前两节中，我们分析了写作者对劳动场景、生活场景及娱乐场景的描写，这些描写以文字编码的形式在文本中分别形成了生产景观、生活景观和消费景观，参照德波的论断，我们也可以说：在当下非虚构写作中，文本显示为一种巨大的景观的积聚。直接经历的一切都已经离我们而去，进入了一种表现。

不论写作者在制造这些景观时出于有意还是无意，出于认知的限度或者其他，这种"景观化"与非虚构写作中作为基本伦理准则的"非虚构性"之间好像都存在着矛盾："存在之真"总是以编码者想要给出的样子呈现为"表象之真"，那么"非虚构"是否因此成为一种"虚构景观"？这里其实涉及非虚构写作老生常谈的真实性与真实观问题。

对于非虚构写作而言，非虚构性是写作者与读者之间的一项契约性

---

① 根据刘冰菁在《附录：〈景观社会〉中引用和异轨清单》中的解释，德波和情境主义国际的"异轨"，是指对各种文本、图像、音轨、电影作品等进行匿名的自由挪用，以此来实现超越资本主义日常生活意识形态的真正的交流。参见居伊·德波：《景观社会》，张新木译，南京大学出版社，2017，第141页。

② 居伊·德波：《景观社会》，张新木译，南京大学出版社，2017，第3页。

存在，如果取消了这一契约，非虚构本身也将不能自足自立。这就要求写作者时时恪守非虚构性这一写作伦理，以保持"写真实"的自律性。但问题在于，非虚构性本身又并不是一个完全自明且稳定的状态，即便排除了写作者刻意而为的虚构，其本身也包含着因写作主体对对象化世界获取与呈现的限度而产生的"虚构性"。为了更清晰地看到这一点，我们需要做一次关于"非虚构性"的历史考察，理清这一问题在历史发展中的变动与趋势。

有关非虚构写作中的"真实"与"虚构"问题，历来都是一个争议的焦点，这种争论从报告文学与奥维奇金式特写相龃龉时便已开启，虽然在不同时段问题核心有所差异，但争论的声音从未断绝，到如今仍时有余响。这里需要做出特别说明的是，虽然在新世纪之初一批论者倡导以非虚构替代报告文学，其后，非虚构的名望也在大众传媒的推动之下蔚然成风，但就其实际内涵来看，非虚构与报告文学并非二虎难容、你死我活的关系，而是一种纪实文学内部的自我更新式调整。其中，报告文学最为非虚构文学倡导者所诟病的有两个问题，一是叙述主体的自我限度，二是真实性伦理的自我规约，二者都在报告文学与非虚构的碰撞中产生了新变。也正因此，报告文学研究者丁晓原将报告文学重新界定为"一种叙事性非虚构写作方式，或写作艺术"，并将报告文学既有的"老三性"——新闻性、文学性、政论性——替换为非虚构性、叙事性、文学性这三个基本特征。[①] 这种转换，体现了报告文学在非虚构潮流影响下的新变，也说明了二者之间并非断裂、更替，而是顺承与融合的关系。基于以上分析，我们探讨中国语境中非虚构文学的"非虚构性"时，需要关注报告文学发展史上的"真实性"问题论争，从这种顺承的关系中发现不同历史阶段的非虚构性或真实性论争焦点，历时性地梳理出从报告文学引入国内之初，一直到新世纪非虚构文学潮流兴起这一长时段内关于"真实性"问题的论争史，从而为当下对于"非虚

---

① 丁晓原：《报告文学，作为叙事性非虚构写作方式》，《文艺理论研究》2020 年第 3 期。

构性"的讨论提供历史的镜鉴。

二、有关"真实性"问题的论争

报告文学这一文体经左联作家们引入国内时，所遵照的基本是川口浩《报告文学论》中的观点，认为"报告文学的最大的力点，是在事实的报告"①。在这一观念的指导下，诞生了以夏衍《包身工》为代表的一系列报告文学作品，虽然对作品的评价存在分歧，比如茅盾斥责《包身工》为"论文式"报告文学，但对于"真实性"的问题尚无明显争论。周钢鸣论及报告文学与现实主义创作方法的共通性时，曾特别强调前者的特殊性，即"它所表现的不但是现实，而且必须是在现实生活中所发生的具体的特殊事实，和实在的个别的特殊人物，以及真真实实的生活"②。就这一点而言，报告文学虽然同样是对现实的反映，但它明显不同于现实主义概括、综合的"典型"式创作方法。直到 1949 年，胡仲持在《论报告文学》中依旧将报告文学的创作视作"用朴素的文学笔调把活生生的现实社会里什么值得注意的事象逼真地描写出来，丝毫没有把作者个人的想象渲染上去"③。从 20 世纪 30 年代初报告文学引入国内到 20 世纪 40 年代末期新中国成立这一阶段，对于报告文学要写真实这种观点，作家和评论家们都是普遍认同的。

变化出现在新中国成立之后，苏联"特写"理论对我国报告文学创作产生了影响。《文艺报》在 1955 年第 7 期发表了苏联作家瓦·奥维奇金的《谈特写》（节选），在这篇文论中，奥维奇金把特写分为两种，一种是"记录特写"或"写实的特写"，另一种叫"深思的特写"，也叫"研究性的特写"。"这种特写用的是假的名字，它虽然从生活现象出发，但并不是具体的哪一件事，所以它允许作家有更多的可能去想象、虚构，在形式上是特写，但内容上基本上与小说差不多。"④ 奥维

---

① 川口浩：《报告文学论》，沈端先译，《北斗》1932 年第 1 期。
② 王荣纲：《报告文学研究资料选编》，山东人民出版社，1983，第 56 页。
③ 王荣纲：《报告文学研究资料选编》，山东人民出版社，1983，第 98 页。
④ 王荣纲：《报告文学研究资料选编》，山东人民出版社，1983，第 1298 页。

奇金对"研究性特写"推崇有加，认为这种方式能够使作者不受限制地把问题概括化，直指现象本身。依此看来，奥维奇金所推崇的这种特写倒更像是一种问题小说，不过，他也着重说明了研究性特写和小说的区别：第一，这种特写不必像小说一样有完整的情节；第二，作品中允许作者发表政论性叙述。按照奥维奇金的这种观点，研究性特写变成了纪实与虚构的中间物，占有了非虚构之名，却行了虚构之实，这种处理方式很容易导致读者在文体接受过程中的认知混乱，对文体的进一步发展造成障碍。对是否允许特写这种文体加入虚构，苏联另一位特写作家波列伏依有着与奥维奇金不同的意见。波列伏依在《论报纸的特写》中指出："特写作家所描绘的当代人物的画像，一定要绝对真实，甚至在细节上也得准确。"① 波列伏依还列举了个人特写创作中因细节虚构而引发的一个事件：在写到一位老工人时，波列伏依想象性地写了他回家后梳头的细节，但实际上这位总是戴着帽子的老工人是秃顶。在波列伏依看来，这个事件虽小，但它不光给作品中的人物带来了麻烦，还对特写的真实性造成了损伤。

波列伏依的文章在 1953 年就经《译文》杂志在国内翻译发表，时间上早于奥维奇金的《谈特写》。但针对波列伏依与奥维奇金两种不同的特写创作真实观，其时国内相关的作家、评论家倾向了后者，原因之一就在于奥维奇金 1954 年访华时进行了多次演讲，在报告文学界掀起一股以"干预生活"为指向的研究性特写热潮。最先受到奥维奇金影响的报告文学作家是刘宾雁，他在奥维奇金"干预生活"精神的指导下，创作出成名作《在桥梁工地上》（《人民文学》1956 年第 4 期），并获得了广泛好评。可以说，刘宾雁的这篇作品及其之后发表的《本报内部消息》等作品恰逢其时。由于奥维奇金的影响，周扬在 1956 年初的中国作协第二次理事会会议上强调了"干预生活、反映矛盾冲突的重要性"②。随后，中共文艺政策进一步松动，在"双百方针"的指导下

---

① 王荣纲：《报告文学研究资料选编》，山东人民出版社，1983，第 1245 页。

② 秦兆阳、秦晴、陈恭怀：《我写〈现实主义——广阔的道路〉的由来》，《新文学史料》2011 年第 4 期。

号召作家进行自由创作。在这样的历史条件下，作为《人民文学》的主持者与《在桥梁工地上》的直接编发者，秦兆阳（何直）发表了《从特写的真实性谈起》（《人民文学》1956 年第 6 期），从"干预生活"的角度出发，认为不必满足于真人真事，而应该提倡用文学概括手法书写的非真名真姓的特写。① 显然，这种观点是对奥维奇金关于特写真实观的转述，也是对刘宾雁《在桥梁工地上》等干预生活作品的理论总结，更是对"双百方针"的积极回应。

从受奥维奇金影响的刘宾雁的创作与秦兆阳的理论总结开始，报告文学创作的真实性观念变得混乱起来，成为一个时常被争论的议题。秦兆阳之后，刘白羽发表了长文《论特写》（《新闻战线》1958 年第 1 期），由于"反右"运动，奥维奇金"干预生活"的指导精神很快在创作中被废止，但刘白羽依旧保留了奥维奇金"真人真事"与"并不是真人真事"特写类型二分法的观点，并对后一种特写的作用更为看重。针对这种状况，井岩盾首先提出反对之声，指出了特写的文献价值与艺术价值，并把"真人真事"式特写摆在更为重要的位置上，且认为艺术的手段能够提升文献价值，但这种艺术手段必须以事实原则为限。② 这一论述打破了奥维奇金推崇的"创造典型""概括生活"的研究性特写模式，回到了周钢鸣所坚持的报告文学创作不同于现实主义创作典型化方法的思路。

鉴于文学界对特写、报告文学命名的混乱及有关真实性问题的持续争论，《人民日报》编辑部联合中国作家协会于 1963 年 3 月邀请三十余位作家召开了一次为期十一天的高规格会议，这也是中国历史上第一次专门讨论报告文学的会议。这次会议的最大收获是重新启用了"报告文学"这一名称，决议"把各种特写、文艺通讯等等文学样式，统名之为报告文学"，目的是"既便于使它的特性明确起来，又利于建立作者

---

① 王荣纲：《报告文学研究资料选编》，山东人民出版社，1983，第 108 页。
② 井岩盾：《真实和虚构——关于特写、传记、回忆录等一个基本问题的讨论》，《文学评论》1959 年第 5 期。

队伍，同时也继承了革命报告文学的战斗传统"。① 此外，会议就报告文学的真实性问题进行了热烈讨论，虽然仍有细微分歧，但与会者对于虚构情节这一点都给出了否定意见。报告文学完成"正名"之后，相对于之前推崇的奥维奇金式研究性特写，在真实性规约方面将更有自觉性。这次会议可视为对新中国成立前报告文学传统的一次复归，但政治形势的急剧变动并没有让这次会议的一些共识得以落实。

到"文化大革命"时期，报告文学写作中，写"真人假事"与"假人真事"取代了写"真人真事"，且常以不具名的方式进行集体创作。比如，在以"南京长江大桥工人写作组"为名创作的报告文学集《南京长江大桥》后记中，明确说明其中大多数篇目都是在真人真事基础上的概括，没有使用真实姓名，编辑人员同时强调，"但是，这些人物和故事，在现实生活中都可以找到，是符合南京长江大桥建设过程中三大革命运动的实际的"②。在这种表述逻辑中，我们可以看到奥维奇金式研究性特写观念的奇迹"还魂"，为报告文学的虚构性提供着理论支撑，造成这一时期扭曲文艺政策指导下报告文学的普遍虚假性。

进入新时期后，徐迟的《哥德巴赫猜想》开启了报告文学新的"春天"，也开启了文艺界新的"春天"。然而，《哥德巴赫猜想》却没有在报告文学真实性方面做出表率，反而造成了新的混乱。原因在于，在《哥德巴赫猜想》引发轰动的同时，徐迟发表了"略有虚构"的说法，他认为"（报告文学）也允许略有虚构，不离真实的虚构"③。何谓"不离真实的虚构"呢？徐迟坦言自己创作过程中的几个虚构之处，最重要的一处是把陈景润上交论文的时间从春节过后一段时间提前到了春节后一上班。这一改动看似微小，但并非徐迟所说的"不离真实"，而是为了增强叙述效果进行的一种实实在在的虚构。

---

① 袁鹰、朱宝蓁、吴培华：《报告文学座谈会纪要》，《新闻业务》1963年第5、6期合刊。

② 南京长江大桥工人写作组：《南京长江大桥》，上海市出版革命组，1970，第378页。

③ 徐迟：《再说散文》，《湖北文艺》1978年第1期。

　　由于《哥德巴赫猜想》的标志性意义,徐迟的"略有虚构论"也成为新时期具有广泛影响的报告文学真实观。有学者从"本质真实"的角度出发,认为"有的报告文学作品虽然虚构了细节,变换了时间地点,但作者还是想歌颂新人新事、新思想新风尚的"。① 我们可以看到,徐迟的"略有虚构论"及部分学者所秉持的"本质真实"观念,其实还带着奥维奇金研究性特写的影子——为了突出典型意义而进行主观虚构。尽管在一些评论家看来这种细微的虚构瑕不掩瑜,但"略有虚构"的潘多拉魔盒一旦再次开启,"略"的限度便很难掌控,报告文学文体的真实性自律将成为大问题。针对这种情况,报告文学作家黄钢明确提出异议,认为徐迟将创作《哥德巴赫猜想》等作品时"略有虚构"的经验"从特殊上升到一般",以此来指导当下报告文学创作是危险的。黄钢从"严守真实的党性原则"出发,严厉指出对"略有虚构"的报告文学的鼓励与推崇,会使报告文学走上自我消亡之路。②

　　黄钢的论说并非危言耸听,李敬泽在新世纪之初发表的观点正好接续了黄钢的论说。面对报告文学在 20 世纪 90 年代的衰落状况,李敬泽直言这一有过强健生命力的文体在充满新变的社会文化生态中已无法生存。之所以发出这样一个"惊人"的判断,归根结底还是在于真实性叙事伦理的问题。李敬泽认为,任何文体都有作者、作品与读者之间预设的伦理关系,但报告文学却一方面允诺"真实",另一方面又放任虚构,这是其问题所在。③ 李敬泽对问题的认识是独到而精准的,但他的结论又是武断的。根据他所指出的问题,报告文学应该在真实性自律方面更为自觉,但他不应直接宣告"恐龙已死"。在宣布报告文学的枯竭之后,李敬泽提出用"非虚构作品"这一"突出强调伦理界限"的名称来替代"报告文学"。也正是在李敬泽主持的《人民文学》杂志的引

---

　　① 邹贤敏、郁沅:《论报告文学的真实性》,《长江文艺》1978 年第 12 期。

　　② 黄钢:《报告文学的时代特征及其必须严守真实的党性原则》,《文艺研究》1980 年第 1 期。

　　③ 李敬泽:《报告文学的枯竭和文坛的"青春崇拜"》,《南方周末》2003 年 10 月 30 日。

导下，非虚构作品、非虚构写作成为新潮，但这并不意味着新倡导的非虚构文学内部不再有真实性问题存在。

　　作为非虚构文学潮流中涌现出的代表性作家，梁鸿经常会被问及笔下"梁庄"的真实性，梁鸿对此问题的回答是，她并非在呈现一种"物理真实"，而是一种"个人真实"。[①] 梁鸿的回答，凸显了写作的主体，只有这个能动的主体才能够呈现"物理真实"内部更加细微和丰富的内涵；并且，这个能动的主体可以为这种真实寻找合适的叙事方式，使之能够成为一种文学性的存在。梁鸿后来又对这一问题进行了更为深入的阐述，提出一种"主观真实说"："非虚构文学的现实/真实是一种主观的现实/真实，并非客观的社会学的现实/真实，它具有个人性，也是一种有限度的现实/真实。"[②] 不得不说，这种观念是诚恳而自知的，写作主体介入生活的有限性必然会导致认知的有限性，加之对所摄取的有限真实以叙事方式重构、表达，所形成的非虚构文本必然是有限度的和个人性的，且是受制于写作主体某些先验观念的。那么，在这种自知的情况下，包括梁鸿在内的写作者还要坚持以非虚构作为一种打开现实的方式，目的究竟为何呢？在刘大先看来，其中包含着一种政治上的关怀与文学民主化的诉求："要让那些曾经被精英式文学所遮蔽与淹没的另一种广泛社会意义上的'真实'而又多元的声音呈现出来，从而促成一种文学的民主化进程。"[③] 用非虚构写作的方式挖掘曾经被遮蔽的"真实"，但这种"真实"假若又因个人性而形成新的遮蔽——在追寻"真实"的道路上不断形成有关真实的自我悖论——那关于真实性的问题似乎变得无解。最周全而诚恳的表述就是，在避免主观虚构的情况下去呈现一种有限度的主观真实。

　　但是，主观虚构的情况也并非不存在，尤其是近年来网络新媒体平台诞生、迅速发展之后，一个典型的例子便是"咪蒙系"公众号"才

---

① 梁鸿：《非虚构的真实》，《人民日报》2014年10月14日。
② 梁鸿：《改革开放文学四十年：非虚构文学的兴起及辨析》，《江苏社会科学》2018年第5期。
③ 刘大先：《写真实：非虚构的政治与伦理》，《山花》2016年第3期。

华有限青年"推出的文章《一个出身寒门的状元之死》。这篇发布于2019 年 1 月 29 日的文章在短时间内就成为"爆款",同时也引来了关于文章真实性问题的各方质问。而在对真实性问题作出回应时,"才华有限青年"声明:文章并非新闻报道,而是一篇非虚构写作,其故事背景、核心事件是绝对真实的。本以为"甩锅"给"非虚构"后,文章中的虚假之处便可以蒙混过关,但这个团队因无知招来了更大规模的反对。在他们看来,"非虚构写作"好像与新闻报道在真实性的标准上有很大区别,只要社会现实中确有其事,再综合几个典型案例就可以构成一篇"反映现实"的"非虚构作品",显然,这是奥维奇金研究性特写的论调在新世纪非虚构写作平台中的再次浮现。不过好在,《一个出身寒门的状元之死》及其后的团队回应,都遭到了专家学者、主流媒体的一致反对,让非虚构写作的名声没有因此事而受到无辜牵连。

三、无可避免的"主观真实"

总结来看,20 世纪 30 年代引入报告文学之后,虽然在很长一段时间之内并没有引发有关真实性的论争,但就如夏衍在创作《包身工》时对矛盾的选择与过滤一样,问题并非不存在,只是在当时阶级矛盾被突出强调的情况下,这种主观性的过滤被统一地忽略了。① 到了 20 世纪50—70 年代,在奥维奇金研究性特写的影响下,以典型性为目的的"主观虚构"方法从理论上获得了合法性,非虚构性自然再无从谈起。即便到了新时期,"略有虚构论"也还在延续着奥维奇金式的真实性观念,让报告文学作品真假难辨。再到新世纪,李敬泽倡导以"更强调伦理界限"的非虚构作品来矫正报告文学的"虚假性"问题,但事实证

---

① 有研究者通过对当时"包身工"制度的详细考证后,指出"包身工平日面对的主要不只是阶级关系,更多的是与'拿莫温'、'小荡管'颇为微妙的社会关系"。参见张翼:《〈包身工〉与无产阶级革命文学》,《华中学术》2018 年第 1 期。另外,关于"包身工"制度与上海青帮之间的复杂关系,对于长期关注"包身工"并做了详细资料工作的夏衍来说绝不陌生,但在《包身工》中,这些复杂的社会性关系都被悄悄地隐藏了起来。

明，即便写作者守住了写作中的真实性伦理，避免了主观层面的虚构，"主观真实"仍是无可避免的。

历经半个多世纪，当下非虚构文学面对的非虚构性（真实性）问题终于绕开了奥维奇金，但似乎又回到了报告文学引入之初，尤其是《包身工》中存在的非虚构性（真实性）问题之中。夏衍多次强调《包身工》的完全真实性，"没有一点虚构和夸张"，但这种"真实"之中恰恰包含着主观意志对真实侧面择选而造成的"虚构"。所不同的是，相对于老一代报告文学作家言之凿凿地宣称"绝对真实"，当代非虚构写作者承认了主观性的真实与有限性的真实，这可视作一种进步。但话说回来，非虚构名义下因主观创作所形成的"虚构"与"非虚构"的二元对立性，是我们不得不正视的一个问题。

这让我们注意到，即便作者没有进行主观层面的虚构，所谓的非虚构之下也潜藏着另一重"虚构"景观，景观化与非虚构性二者之间存在着既对立又统一的辩证关系。对于非虚构写作中的这一特点，写作者需要有清晰的认知，更为自觉地应对写作中的景观化问题，在避免主观虚构的前提下，还要避免由主观性真实而来的景观化问题对非虚构性的压倒。

第五章

美学的行动：
新世纪非虚构『打工叙事』的精神诉求

非虚构写作要求写作者以切身行动走近书写对象，置身问题现场，这种行动的写作使得知识分子作家能够在非虚构"打工叙事"中将知识、理论与现实的问题相结合，以"到民间去"的方式观照当下中国最显要的问题。对于新工人作家而言，非虚构写作因其写作门槛较低，同时又能最直接展现新工人的内在自我，故而成为新工人文化的重要组成部分，在新工人的主体性建构中起着重要作用。在美学层面，非虚构"打工叙事"有着自身的美学追求，它同样借助叙述形式与技巧，但又不像虚构类写作那样过度依赖书写形式来实现自身价值，而是把握内容与形式间的"体与用"之关系，探求其独特的真实之美。

第一节　行动写作：知识、现实与非虚构写作实践

奥尔巴赫在《摹仿论》中谈道："严肃地处理日常现实，一方面使广大的社会底层民众上升为表现生存问题的对象，另一方面将任意的日常生活中的人和事置于时代历史进程这一运动着的历史背景之中，这就是当代现实主义的基础。"[1] 虽然奥尔巴赫论及的是虚构类作品的现实主义问题，但我们同样可以把这一观点应用于直接面向现实的非虚构书写。在非虚构写作中，知识分子写作者尤其关注社会底层，将其上升为表现"中国问题"的对象，同时将这些对象放置在宏阔的历史背景中去观照，形成非虚构写作直面社会问题的特点。由于非虚构写作的"非虚构性"需求，写作者需要通过切实的行动投身现场，完成非虚构写作实践。

---

① 埃里希·奥尔巴赫：《摹仿论》，吴麟绶、周建新、高艳婷译，百花文艺出版社，2002，第 551 页。

一、知识分子的行动：到民间去

《人民文学》于 2010 年第 2 期开设了"非虚构"栏目，在 2010 年第 9 期上以头条形式发表了梁鸿的《梁庄》，正是这篇《梁庄》及后期以单行本面世的《中国在梁庄》为"非虚构"开辟了道路，使其获得了文学界的注目，使非虚构写作逐渐成为新世纪文学中颇为热闹的一股潮流。我们还注意到，在发表《梁庄》的同时，《人民文学》在这一期"留言"中着重提出了"行动"的话题。

"行动"话题的提出，对应的是《梁庄》中聚焦的"中国乡村"。"编者"首先对当下知识分子乡土经验的有效性提出一系列质问，这些质问指向了对以乡土为对象的写作者所持"经验"的质疑，同时也是对时效经验、第一手经验的呼吁。① 在这一前提下，"编者"肯定了梁鸿的行动和写作的意义，并进一步认为这种"行动写作"能够"为文学带来新的生机、力量和资源"。在接下来的第 10 期中，《人民文学》继续强调"行动"作为非虚构作品的应有品质，号召更多写作者像梁鸿、慕容雪村、萧相风一样以行动者的姿态走向田野、走向广阔的现实，而不是一边接收着第二手经验，一边感叹文学无力。基于"编者"对"行动"的重视，《人民文学》继而推出了"人民大地·行动者"非虚构写作计划，呼吁作家"走出书斋，走向吾土吾民，走向这个时代无限丰富的民众生活，从中获得灵感和力量"。②

经由《人民文学》的推举，"行动"成为非虚构写作内在的正当性与必要性，以行动连接现实，而不是更多地依赖于既有的知识、旧有的经验，成为非虚构对写作者提出的新要求。尤其是对于那些长期困身于书斋的作者而言，这种行动的理念使他们产生了对过往生活的反思。因此便有了梁鸿在《中国在梁庄》前言部分对自己工作与书斋经验的怀疑。③ 缺乏真实的生活感与生存的意义感，一切都在知识和理论的缠绕

---

① 《人民文学》2010 年第 9 期，"留言"。
② 《人民文学》2010 年第 11 期，"留言"。
③ 梁鸿：《中国在梁庄》，台海出版社，2016，"前言"第 1 页。

中循环往复，从而导致自我的虚空。于是，梁鸿作为一个行动者、一个非虚构写作者重新回到故乡，在田野调查的基础上重新审视"梁庄"，又接着从"梁庄"出发追寻外出打工者的足迹，以此勾勒出"城乡中国"的现状。与梁鸿身份相似的黄灯，也在其非虚构作品《大地上的亲人：一个农村儿媳眼中的乡村图景》序言中对"知识包裹、理论堆积的学院生活"产生了疑问。① 表述文字出现位置的近似、情感内里的相近，乃至句式的相似，共同表现出两位同样自农村走出，又同样通过求学进入学府、进入书斋的女性学者的共通性感触。她们也做出了相似的选择——以行动者的姿态离开书斋，返回故乡，用非虚构的方式记录村庄、亲人与打工者。

　　同样，以作家身份从新疆迁居到广东东莞的丁燕，为了真正了解作为她写作对象的东莞与生活在这个城市中的人，选择进入工厂成为一位女工，用两年时间来体验书写对象的真实生活。用长达两年的时间来做"体验"，丁燕的书写"代价"可谓巨大，但她清晰地认识到这种选择对于写作的必要性："如果我不能处于描述对象的王国之中、没有参与到那些具体的活动场景中，只是以接受者的身份、用被动的眼光去记录事物的外部印象，那我的情感和文字就是有隔膜的。"② 梁鸿与黄灯的选择是走出书斋，以行动的方式反身回望故乡；丁燕选择了进入工厂，均是出于对非虚构行动写作这一理念的认可与推崇。

　　从《人民文学》的"留言"，到梁鸿、黄灯、丁燕三位学者、作家对各自非虚构作品的"创作谈"，我们捕捉到一个共同之处，即知识的生产者、掌控者在纷繁的现实面前表现出对知识本身的厌倦和不信任，表现出一种虚空感和无力感，进而转向以"行动"的方式来积极应对现实——到乡村去，到工厂去。如果历史地看待这一现象，我们可以在时间发展的轴线上找到类似的情况，20 世纪二三十年代"到民间去"的实践即是与此相似的一波社会运动。那么，在新世纪发生的这一轮知

---

① 黄灯：《大地上的亲人：一个农村儿媳眼中的乡村图景》，台海出版社，2017，"自序：用文字重建与亲人的精神联系"第 1 页。

② 丁燕：《工厂女孩》，外文出版社，2013，第 285 页。

识分子非虚构"行动写作",与近百年前的"到民间去"运动又有何种具体关联呢?这需要我们回到具体的历史语境中进行分析。

"到民间去"的口号在 20 世纪第二个十年的末期开始出现在中国知识界,其源头是周作人 1918 年 5 月在《读武者小路君所作〈一个青年的梦〉》中将"V Narod"翻译为"到民间去"。[①] 其后,李大钊发表了颇有影响力的《青年与农村》一文,让这一口号得到广泛传播。在《青年与农村》一文中,李大钊开宗明义地提出"把知识阶级与劳工阶级打成一气"[②] 的观点,认为只有如此,才能把现代新文明从根底里输入社会中去,具体的方法,则是号召青年到农村去,发展民主,扫除黑暗,从农村这个"根底"上着手建立新的社会。李大钊在文章中引述了俄国民粹派知识分子的实践来激励中国青年,带有民粹主义的影子。

由周作人译介引入,再经李大钊对都市知识青年激情澎湃的呼告,"到民间去"在知识界逐渐产生影响,并转化为具体的实践活动。这一口号之所以能够产生足够的号召力,与当时知识界对于改革实践的普遍焦虑脱不开关系。自新文化运动起,"劳工神圣""平民文学"等呼声甚高,然而知识分子与真正的民间却一直处于隔绝状态。情感上倾向民间,却又疏离于民间、不在民间,这是彼时知识分子的一种矛盾状态。于是,"到民间去"恰好打通了这一关节,成为一场持久的社会活动。不过,值得注意的是,俄国民粹派运动的实践本身并不成功,中国知识分子借用"到民间去"这一口号并非对俄国民粹派理念、实践的重复,而是在这一具有鼓动性的口号之下开启了具有中国特色的思想方针与实践运动,不同观念和背景的知识分子也选择了不同的"到民间去"的路径。

20 世纪二三十年代知识分子"到民间去"的具体实践,大体形成了以下几条路径:一是以陶行知、晏阳初为代表的平民教育实践;二是

---

① 袁先欣:《"到民间去"与文学再造:周作人汉译石川啄木〈无结果的议论之后〉前后》,《中国现代文学研究丛刊》2017 年第 4 期。

② 李大钊:《青年与农村》,载《李大钊全集》第二卷,人民出版社,2006,第304 页。

以梁漱溟为代表的乡村建设实践；三是以李大钊、毛泽东为代表的土地改革实践；四是以李景汉、陈翰笙为代表的乡村调查实践。从长远的历史发展历程来看，四条实践路径都对中国的发展起到了重大作用，尤其是以李大钊、毛泽东为代表的共产主义知识分子的农村实践，直接影响了中国革命的具体走向。

　　如果仔细分辨，我们可以看到，虽然以上四者均以具体的行动践行"到民间去"的理念，但显然前三条路径更为直接，相对而言，第四条路径依旧偏向于知识分子以学术方式间接地为乡村建设、乡村改造提供指导方案。李景汉的《北京郊外之乡村家庭》（1929 年）、《定县社会概况调查》（1933 年），陈翰笙组织的对中国农村的大规模调查，以及其后费孝通完成的《江村经济》（1936 年）等，都是在这一实践路径下取得的成果。

　　我们无法将梁鸿、黄灯等知识分子的非虚构写作实践与李景汉、陈翰笙、费孝通等人的乡村调查直接挂钩，强硬地将新世纪这股知识分子的非虚构写作纳进 20 世纪"到民间去"的社会学实践路径中去，前者毕竟不是社会学的学术实践，而是一种文学实践。但从其发生的逻辑来看，二者又确实十分相近，都是基于知识分子对民间（乡村）的隔膜，基于对现实的不满，基于对"沉默者"的援助，基于对中国问题的探讨。从实践的目的来看，黄灯的《大地上的亲人：一个农村儿媳眼中的乡村图景》虽然是对亲人个体故事的观照，但其实际目的仍是通过叙述"三个村庄亲人的生存境遇，观照转型时期中国农民的整体命运"，她要做的是"从熟悉的农村场域，进入社会转型期诸多难题的考察"，她坚信的是"'乡村镜像'隐喻了中国和时代的整体图景"。① 梁鸿也有这样的表述："从更深远的层面来看，我把梁庄的行走和书写看作一种学术行为。或者说，是学术生活的拓展和延伸，虽然它不是以学术的面目出现。"② 从书斋走向田野，原本悬空的理论有了现实的附着，梁鸿对

---

　　① 黄灯：《大地上的亲人：一个农村儿媳眼中的乡村图景》，台海出版社，2017，"自序：用文字重建与亲人的精神联系"第 7—9 页。

　　② 梁鸿：《书斋与行走》，《中国现代文学研究丛刊》2014 年第 10 期。

胡适"细心考察社会的实在形态"的观点有了更深的理解和认可。如此看来，梁鸿、黄灯们的写作既是文学的，又是社会学的；既是实践的，又是学术的。从这一层面来说，将新世纪知识分子、作家以非虚构方式展开的行动写作视为新一轮"到民间去"的调查、书写活动，似乎并不为过。

但我们还需看到的是，新一轮"到民间去"的调查活动中，"民间"不再单一指向农村，时代的变迁让农村不再是一个整体性、封闭性的存在，农民不再受束于土地，而是为了谋求更多收入，以打工者的身份远离家乡，分散到中国各地。要以行动写作的方式触及当下真正的民间，还需要关注由农村流入城市的那一部分人群。因此，梁鸿完成《中国在梁庄》之后，又走出梁庄，追寻进城打工者的足迹，写下《出梁庄记》。采写从梁庄走向全国各地的打工者，无疑是一场更为艰难、耗时的行动。于是，梁鸿再次回到梁庄，从"留守者"那里获取外出打工者的信息，然后从梁庄出发，去往西安、信阳、南阳、广州、东莞、青岛、郑州、北京、厦门、深圳等地，找到散落在各处的梁庄人，采写他们的生活与生命状态，以此描绘出梁庄的另一半，或许也是对描述当代中国的"民间"来说更重要的那一半。

二、非虚构写作实践：个人化与介入式

对行动写作的倡导固然如《人民文学》"编者"所言，能够对抗对第二手经验的依赖，对中国文学的发展起到新的改观。但这并不意味着"行动"就必然占据着写作伦理上的正义，也并不意味着只要"行动"就能产出优秀文本，行动者的先验观念、对材料的处理方式等，都对非虚构文本的呈现有着重要影响。行动只是一种方式，对于文学写作而言，关键还在于那个行动着的写作者自身。

如果单就"行动"的积极性而言，俄国民粹派知识分子显然可作为表率，就如李大钊在 1919 年号召中国青年到农村去时所鼓动的那样："他们有许多文人志士，把自己家庭的幸福全抛弃了，不惮跋涉艰难的辛苦，都跑到乡下的农村里去，宣传人道主义、社会主义的道理。"①但事实上，俄国民粹派"到民间去"的实践并不成功。王晓华曾在关于"人民性"的论争中指出过俄国民粹派的两大欠缺：一是忽略个体公民的主体性，二是缺乏对底层民众的平等意识。② 如果只从整体性上着眼，并且仅将民众视作问题性存在和改革对象，实践的失败几乎是可预见的。

20世纪二三十年代中国发生的"到民间去"的社会运动，在其源头处就带着俄国民粹主义的影子，虽然在具体实践中，中国不同背景知识分子发展出了有别于俄国民粹派的路径，也取得了深远影响，但这重民粹主义的阴影始终存在，并伴随着中国革命逐步取得成功而从局部覆盖到整体，最终导致了一长段文学的迷途。跨过这段民粹主义的文学迷途后，新一阶段"到民间去"的非虚构写作实践呈现出一些新的特质。

不论研究者、评论者还是写作者，几乎一致认为非虚构写作最大的特点是其个人性与主观性，并且这种个人性与主观性是作者有着清晰认知或者说是刻意选用的。黄灯从自己的亲人写起，观照了自己成长的三个村庄，为读者呈现出一幅既特殊又普遍的"乡村图景"，她明确地意识到个人叙述中的一些主观性，但同时也为这种主观性进行了辩护，强调其合理性与价值所在："弥漫其中的主观色彩，因为渗透了来自情感的理解，附加了一份切肤的体恤，在知识过于密集的语境中，唤醒情感在叙述中的自然出场，自有其必要和价值。"③ 与诸多偏学术式、情感克制的文章相比，黄灯对农村书写的主观情感流露确实表现出了独特性。她对问题的认识可能不及"三农"专家深刻，不及社会学家、人类学家系统，但那种把自己也"摆进"文本中，时时真情难掩的姿态

① 李大钊：《青年与农村》，载《李大钊全集》第二卷，人民出版社，2006，第304页。

② 王晓华：《人民性的两个维度与文学的方向——与方维保、张丽军先生商榷》，《文艺争鸣》2006年第1期。

③ 黄灯：《大地上的亲人：一个农村儿媳眼中的乡村图景》，台海出版社，2017，"自序：用文字重建与亲人的精神联系"第7页。

更能让读者共情。梁鸿同样从自己生长的村庄入手，完成归乡者的诉说。作为一位文学研究者，梁鸿自然知晓海登·怀特所说的"事实的虚构性"，她也明确承认自己所展示的真实的有限性，"因为你必须要进行语言的'编码'，要把许多毫无联系的、没有生机的材料变成故事，要经过隐喻才能呈现给大家。这一'隐喻'过程本身已经决定，你的叙述只能是文学的，或者类似于文学，而非彻底的'真实'"①。

这里，一个新的问题冒了出来：非虚构写作是当代知识分子以行动写作的方式参与对"中国问题"，尤其是中国城乡问题（包括乡村问题与离乡打工者问题）的探讨，也正是在这一意义上构成新一轮"到民间去"的实践活动，但同时我们又看到了非虚构写作者们个人所申明的主观性与真实的限度，那么，这种强烈主观意志主导下呈现的有限性真实，还能构成与梁鸿、黄灯所欲探讨的那个"中国"的有效对话吗？换句话说，这种个人性的主观真实是否又走到了非虚构最初倡导的"行动写作"的对立面呢？在笔者看来，个人性的主观真实依旧是有效的，写作者面对广袤而多面的"事实"，完全将其复现显然是一种"非不为也，实不能也"的情况，写作者并没有在个人性的借口之下主观地去进行虚构，而是承认个体对"事实"获取的限度，以及对"真实"呈现的限度。

前文已探讨，景观化与非虚构性存在着对立统一的关系，在这种并非虚构而又是"有限真实"的前提下，非虚构写作者们并不避讳地携带着个人情感进入问题的现场，接触每一个留在乡村或者外出打工的活生生的个人，把自己纳入其中感受、思考，进而完成这种行动的、在场的非虚构写作，这是当代知识分子探索出的非虚构写作实践的特殊性所在，也是其有效性所在。这种非虚构写作实践打通了知识、学术与现实，也再一次打开了"民间"。当然，"民间"一直以来都被看作探讨"中国问题"的法门，被各方以不同的方式不断打开着，当代知识分子作家的非虚构打开方式能够走多深、多远，还是一个仍在行进中的问题。

---

① 梁鸿：《中国在梁庄》，台海出版社，2016，"前言"第3页。

第二节　新工人文化：打工写作者的主体性建构

与知识分子相比，打工者既不具备丰厚的社会资本与文化资本，又在经济资本占有方面同样贫乏，这导致他们长期处于一种"无声"状态或被代言状态。当知识分子以行动姿态进行非虚构写作，将打工者作为"他者"来呈现现实问题时，一些不满足于被代言的打工者慢慢出现，尤其是在新世纪之后，新一代打工者开始看重自身文化建设，以不同的文艺形式来进行自我表达。

一、在言说中建构起的主体性

北京工友之家及其艺术团体近二十年来在打工者文化建设方面做出了十分有效的探索，可作为一个典型案例。北京工友之家最初于 2002 年 11 月注册成立时，还叫作"农友之家"，考虑的是当时"三农"问题的大背景，后来在 2006 年完成"北京工友之家"的更名。从这一机构的由来、更名与发展，我们可以看到其中透射出的一些社会文化现象。2002 年"五一"国际劳动节，孙恒等人宣告成立"打工青年演出队"，但要顺利进行演出必须注册机构，于是有了"农友之家"；从"农友之家"到"北京工友之家"，经历了 2003 年收容遣送制度的废止，打工者在城市居住、生活的权益有了基本保障，打工者越来越倾向于对"工"而非"农"的身份认同。同时，演出团队也经过数次更名，从最初的"打工青年演出队"到"打工青年艺术团"再到"新工人艺术团"，更名的缘由除队伍规模在扩大外，更有内涵层面的考量，即更有意识地去建设一种主体鲜明的"新工人文化"。

何为"新工人文化"？吕途从文化的主体性、文化所代表的价值观及文化的功能三个方面对新工人文化的含义做出阐释：新工人文化的主体是新工人,表现新工人的生活,代表新工人的视角;新工人文化的核心是劳动价值观,尊重劳动和劳动者;新工人文化的功能是唤醒工友的现实意识,避免他们产生逃避意识和麻木感。[①] 北京工友之家在建设新工人文化的最初阶段,也曾尝试借助媒体来扩大自身影响力,但媒体自身的宣传倾向性又往往会消解新工人文化的内核,比如电视台曾邀请孙恒等人演唱表现离乡打工者怀乡情感的歌曲《想起那一年》,条件是要他们修改歌词,以表现出衣锦还乡的感觉,但遭到了新工人文化倡导者们的拒绝。"衣锦还乡"作为带有明显成功学意味的话语,与新工人文化所认同的"劳动创造价值"的核心理念具有相斥性,劳动的最终目的与意义并非通向资本逻辑中的"衣锦还乡"。在这里,媒体拥有着绝对权力,只选择它想要表现的内容,新工人文化的倡导者们面对强势的媒体,要么选择屈服,要么选择拒绝。

面对电视台的邀请与要求,孙恒等人选择了拒绝,但对于新工人文化的发展来说,不可能永远拒斥大众媒体,不可避免地会与之产生合作与交锋。在知名综艺节目《中国梦想秀》第七季的舞台上,来自北京工友之家的八位工友演唱了一首《打工者之歌》,想要为工友之家争取到一套音响设备。在交流中,工友们对现实的控诉遭到了主持人和现场嘉宾的反驳,主持人回应说老板和打工者都应该懂得互相感恩,并一直引导着八位工人认可"感恩"观念,放弃对抗姿态与言论。第一次投票结果未达到要求,八位工友"圆梦"失败,之后,网媒编辑杨某进行了一番哭诉,解释说虽然工人们的表达能力不好,但都怀着一颗感恩的心,同时强调了几位工人如何不易。到了杨某这里,工人们最初的抵抗姿态变成了一种妥协甚至乞求姿态,直到节目组放出部分工友家人拍摄的视频,亲情"撒手锏"终于攻破了工友们的情感防线,让他们流下了眼泪,哭诉对亲人的感激,而主持人也使用了自己的"反转"权力,助力工人们"圆梦"成功,进而把所有人带回到"感恩""梦想""幸福"的预设轨道中。八位工友参加颇具社会影响力的综艺节目,除

---

① 吕途:《中国新工人:文化与命运》,法律出版社,2014,第305页。

了想要赢得一套音响设备外，也对北京工友之家及新工人文化有一定的宣传作用，但在这样一档真人秀节目中，新工人的主体性却遭到了压制，即便几位工人内心始终都不认同那些观点，但在节目中并没有得到充分反驳的机会和权利，而只是担任了被教化的角色，被要求懂得感恩、学会感恩。

在借用大众媒体进行自身文化传播的过程中体现出的弱势地位，让新工人文化的推动者们更加意识到"自己搭台自己唱戏"的重要性，有了自己的舞台，才能保证文化表达背后主体观念的完整呈现。北京工友之家自成立之后，在文化建设方面做出了多项探索，举办了新工人文化艺术节、"打工春晚"，开设了打工文化艺术博物馆、新工人剧场，还建立了话剧小组、影视小组、文学小组等文艺兴趣小组。其中，"皮村文学小组"随着范雨素的那篇"爆款"非虚构文章《我是范雨素》而获得广泛关注。

其实在范雨素之前，皮村文学小组中已经有一些写作者通过新媒体平台让自己的作品进入公共传播空间，比如李若的非虚构写作、小海的诗歌写作等，范雨素的出场则带动皮村文学小组完成了一次集体亮相。对于文学为何能够成为新工人文化有效的传播媒介，张慧瑜从四个方面做过总结：一是相对于其他艺术形式，文学书写的门槛低、成本低；二是大多数打工者虽然受教育程度普遍不高，但基础教育阶段的学习让他们掌握了基本的书写能力；三是文学作为新中国成立后最大众化的文化媒介，具有广泛的阅读基础；四是互联网的发展使得作品发表更加便利，传播渠道更加多样。[1] 不过，还应该注意到的是，虽然新媒体促进了发表与传播的民主性，但媒体平台依旧通过编辑这一角色掌控着对新工人文学作品的选取与编发权，不论是范雨素发表作品的"界面·正午"还是李若发表作品的"网易人间"，媒体相对于创作者的强势力量依旧是一个客观存在，这或多或少会影响新工人的主体性表达。有鉴于此，皮村文学小组于 2019 年"五一"国际劳动节推出了《新工人文

---

① 张慧瑜：《在"别人的森林"里创造新工人文学》，《创作评谭》2021 年第 2 期。

学》电子刊,打造出了属于新工人自己的文学阵地。在《新工人文学》这份双月刊中,"非虚构"作为常设栏目且经常作为头条栏目存在,表现出编者对非虚构写作的看重,也表现出新工人写作者对非虚构的青睐。

强调非虚构写作在新工人文学中的位置,并不是贬低小说、诗歌在其中的重要性,而是想要说明非虚构这一写作形式对于新工人写作者的特别适用性。小说作为一种虚构性叙事文体,要求写作者在写作过程中对个人经验进行再次转换,进行故事层面的精巧设计,然后寻求合适的叙述形式把设计好的故事讲出来。这需要对文字有很强的把控力,也需要花更多时间去推敲故事和细节,但新工人写作者在文学技巧习得、文学阅读积累及创作时间方面都不太具备创作小说的优势。

相对于小说,诗歌(确切来说是现代诗)是新工人文学的重要构成,主要原因在于诗歌精短的体式更适合打工者利用业余的碎片化时间来进行创作。不过,应注意到的是,诗歌作为一种先天带有强形式感的文体,有着语言、思维方面的规定性,这种形式层面的规定性是否会同新工人的经验表达与现实诉求产生相斥性?我们可以借《新工人文学》杂志刊载的一些诗歌来稍做分析。

小海在《下夜班的工人》这首短诗中,表现了凌晨时分下班工人们的落寞与凄冷,"璀璨的星河下/幽冷的月色中/人群蒙面奔走/如一场深冬的雪"①。小海将寒夜中静默奔走的人群喻为"一场深冬的雪",这种修辞通过陌生化效应形成一种审美效果,但就其表意来说却造成了一种不确定性。下夜班在寒风中匆匆奔走的人群为何如"一场深冬的雪"?其中又有着怎样的深层意味?这是作者在这首短诗中没有表达清楚的地方。

如果仅是追求一种形式上的审美性,即便将工人元素加入其中,这一类诗歌也难以产生足够的力量感。再者,此类带有现代主义、后现代主义色彩的文学形式,在写作和阅读上都有一定门槛,并不广泛适用于

---

① 小海:《下夜班的工人》,《新工人文学》2019 年第 1 期。

新工人群体。而非虚构这一写作形式，并没有那么多既定的条框来规定它的写作特点及审美特性，书写者大多选择直陈其事，尤其是直陈个人的打工经历，在自我书写和自我表达中慢慢建构出新工人的主体意识。

皮村文学小组的李若在非虚构作品《我的老板们》中记述了其在打工过程中遇到的三个老板。第一位老板是开食品厂的北京本地人，对员工极其小气，对自己的狗却特别大方；第二位老板开定做羽绒服的小作坊，因为规模小、人手少，老板对员工的克扣和压榨更厉害，还利用毛丝冒充羽绒，在原材料上弄虚作假，欺骗顾客。因受不了私人小作坊、小工厂的压榨，李若决定进大工厂打工，于是来到广州一家大型台资鞋厂。在这家工厂中，李若没有受到之前那种经济上的克扣，但发生的另一件事让她感受到这位台湾老板的冷酷无情。来自贵州的年轻女孩独自在宿舍内产下一名婴儿，工友们得知后并没有对这个女孩做出道德评判，而是表露出一种赞许，"同事们议论纷纷，说这女孩子真坚强，一个人无声无息地在宿舍里就把小孩生出来了"。但老板的反应完全不同，老板得知这一情况后认为这是"丑事"，立即开除了那位刚刚生下孩子的女工。工人们除了谴责老板外，并无其他对抗方式，只能自发捐款对女孩进行帮助，凑钱给她租了房子，买了营养品让女孩安心"坐月子"。工人们虽然没有就此事与无情的老板展开抗争，但他们之间的这种自发的互助表现出一种共同体意识，对这种互助的书写也是对共同体意识的加强。在文章的最后一段，李若根据自身经历思考如何当一个"好老板"的问题："要是有生之年我做老板的话，我敢保证在管理上至少人性化一点，不会那么独断专行、刚愎自用、冷酷无情，适当关心员工，8 小时之外的时间可以自己安排，鼓励他们多读书、学习充实自己，打工的同时学到一技之长，以后有机会做老板时，也做一个好老板。"① 这段话既是作为一名打工者对老板"人性化"的期望，同时也是对自己打工生活的期望，希望能够在正常工作时间外有机会读书学

---

① 李若：《我的老板们》，澎湃号"城中村文学小组"，https://www.thepaper.cn/newsDetail_forward_2327013，访问日期：2018 年 8 月 8 日。

习，提升自我。从打工者（受雇者）的角度来看待老板（雇佣者）的作为，在雇佣关系中表现出作为弱势一方的主体诉求，这是李若这篇非虚构作品显现出的重要意义与价值。同时，李若的打工经历也具有一定代表性，能够唤起其他打工者在经验和情感方面的共鸣，形成通过非虚构"打工叙事"连接而成的新工人共同体。

新工人写作者的非虚构"打工叙事"大多呈现出一种粗粝感，在叙述形式及作品修辞层面往往无过多亮色，而其在书写内容层面展现出的自我表达与思考成为最值得令人关注之处。如后现代叙事理论研究者马克·柯里指出的那样，"个人身份并不在我们本身之内"，"身份仅存在于叙事之中"。① 通过对事件的选择、组合与叙述，非虚构写作者完成一种自我身份的建构。也正是基于这一点，非虚构"打工叙事"能够成为新工人文学的重要构成，在新工人文化建设，尤其是打工写作者的主体性建构方面起着重要作用。

二、向何处去：公民主体与阶级主体

不过，在此基础上需要讨论的另一问题是，新工人要建设什么样的主体性文化？新工人的主体性将要通向何方？其中交织着不同立场的知识分子的参与和引导。基于自由主义观念立场的知识分子倾向于公民主体的建构，如王晓华在论述底层写作的立场问题时指出，底层无法发出声音实际上是文学家的虚构，"不断在说话的底层之所以'无法发出声音'，是因为当下的政治—经济—文化体系缺乏传达底层话语的有效机制"，"除了走向个体能够普遍自我表述的时代，我们没有更好的选择"。为此，王晓华尝试引入公民话语，认为"引入公民话语既可以扭转集体主体在转型过程中的异化，又能推动个体普遍地站立为权利主体"。② 与之相对应的是基于社会主义立场的左翼知识分子观点，他们认为新工人的主体性建设天然地通向阶级主体。由于历史经验的影响及

---

① 马克·柯里：《后现代叙事理论》，宁一中译，北京大学出版社，2003，第21页。
② 王晓华：《当代文学如何表述底层？——从底层文学的立场之争说起》，《文艺争鸣》2006年第4期。

左翼知识分子在新工人文化建设中的积极性，阶级话语在新工人文化建设中有着更大声量。

如汤普森所言，"工人阶级并不像太阳那样在预定的时间升起，它出现在它自身的形成中"，"阶级是社会与文化的形成，其生产的过程只有当它在相当长的历史时期中自我形成时才能考察，若非如此看待阶级，就不可能理解阶级"①。工人阶级的形成需要一定的历史过程，并且，这一过程往往需要知识分子的参与，正是基于此点，左翼知识分子怀着责任意识加入新工人文化的建设中。有论者尝试对新工人文化进行进一步界定，认为"并非由新工人生产的文化就是新工人文化"②，新工人文化必然体现着新工人的主体性，而这种主体性是基于"劳工神圣"的社会主义理论脉络。同时这位研究者认为，要对"新工人文化"和"新工人的文化生活"进行严格区分，后者只是作为新工人的日常消遣，并未体现出清晰的阶级意识。这种对新工人文化边界做进一步框定的观点，体现出左翼知识分子对新工人群体阶级意识薄弱的不满，也表现出他们尝试对新工人文化进行直接引导的倾向。不过，若真如上述论者所指出的对新工人文化的边界进行严格界定，必然会有为数不少还没有形成明显阶级意识、带有自我兴趣发展性质的文化活动、文学书写被排除在外。经过界定后的新工人文化可能会成为左翼知识分子的新工人文化，而非基于新工人自身主体性生成与发展的自发性创造。

为了避免发展过程中被某种外部力量过度形塑，新工人文化建设的方向盘应该牢牢把握在新工人自己手中，始终保证新工人在其中的主体位置，在此基础上，再尝试借用大众媒介与知识分子的力量促进自身发展。相对于"打工春晚"、新工人文化艺术节这些需要诸多社会力量协助的文化活动，文学活动更有利于新工人自主性的发挥，保证运转的独立性；而在文学活动之中，非虚构写作又因其书写"真实"、书写亲身

---

① 汤普森：《英国工人阶级的形成》，钱乘旦、杨豫、潘兴明等译，译林出版社，2013，"前言"第1、4页。

② 李北方：《"好些年了，我比一片羽毛更飘荡"——新工人文化的困惑与未来》，《南风窗》2016年第4期。

经历，能够对新工人的真实自我进行挖掘，从而尽可能地保障其主体性构建是基于内在本心，而非外在的观念指引。

第三节　美学问题：非虚构"打工叙事"的美学追求

一、打破既有的文学审美"霸权"

在非虚构成为广泛讨论的对象之前，王安忆就曾在一次以"虚构与非虚构"为题的演讲中讨论过非虚构的审美问题。在这次演讲中，王安忆先以不容置疑的口吻提出"文学创作就是虚构"这一前提，随后指出"非虚构就是真实地发生的事实"这一观点，并在此基础上，举了三个"非虚构案例"：淮海路铜像失窃、八哥只学会一句旋律、小区里老人所做的重复性康复训练动作，认为这些非虚构内容与虚构相比最大的问题就是缺乏形式。为了进一步进行对比说明，她阐释了苏童小说《西瓜船》中的形式创造及其价值。至此，王安忆对非虚构给出了一个总结性评价：

> 非虚构的东西，它有一种现成性，它已经发生了，人们基本是顺从它的安排，几乎是无条件地接受它，承认它，对它的意义要求不太高。于是，它便放弃了创造形式的劳动，也无法产生后天的意义。当我们进入了它的自然形态的逻辑，渐渐地，不知不觉中，我们其实从审美的领域又潜回到日常生活的普遍性。①

显而易见，王安忆通过以上论述，对非虚构作为文学的合法性质疑，尤

---

① 王安忆：《虚构与非虚构》，《天涯》2007 年第 5 期。

其在审美可能性上予以了否定。不过，如果我们仔细去辨析，会发现王安忆演讲中所说的"非虚构"只是还未进入文本层面的非虚构写作素材，并且是未经充分挖掘的素材。将这些未经挖掘的非虚构素材同《西瓜船》这种已具备完整故事、形式、意义的虚构作品做对比，自然会得出前者在形式、意义、审美层面缺失的结论，就如将尚在泥土中的蔬菜对比餐桌上的佳肴，然后指出前者色、香、味不足一样。这显然是一种不公平且不合理的对比。

为了进一步挖掘非虚构写作素材，笔者对王安忆所举的第一个案例进行了信息追踪，出乎意料的是，淮海路上这尊少女铜像的遭遇，比王安忆描述的要精彩许多。这座名为"都市中人"的雕塑坐落于繁华的淮海中路与茂名南路交叉口，被上海市民习惯性称为"打电话的少女"。雕塑自1996年树立以来几经磨难：1998年雕塑被推倒在地，疑为盗窃未遂；2000年雕塑不翼而飞，案件在四年后侦破，雕塑被三名外来务工人员卖到了废品收购站；2008年，雕塑的"电话基座"被盗；2010年，雕塑再次被拦腰斩断。[①] 以上是在已有的新闻素材中呈现出的信息，如果将时间截止于王安忆发表演讲的2007年，我们依旧可以从新闻素材中看到这一故事的可挖掘之处：三名外来务工人员半夜将价值20万元的铜像肢解后，以900元的价格卖到老乡开设的废品收购站，卢湾区警方在全城市民的关注下历尽波折耗时四年成功破案，盗窃者被判以十二年、十年不等刑期……如果要基于此事件进行非虚构写作，必然需要找到各方人员去确证信息，挖掘细节，然后在挖掘来的大量素材的基础上寻找要表达的意义点（如外来务工者问题、现代化都市治理问题等），再将意义与叙述形式融合，予以赋形。经历以上环节，才算是把非虚构原生素材加工为非虚构作品，才可以拿这个作品同《西瓜船》或其他虚构作品做故事、意义、形式、审美等层面的比对。

我们自然无法拿一个想象中的、未曾面世的作品来说明什么（尽管

---

① 参见刘翔：《归去来分，"打电话的少女"》，《检察风云》2013年第3期；陈文、龚婷：《上海："电话少女"雕塑再遭不测》，《新闻晨报》2010年1月28日；《"少女"的"起倒"》，《新民晚报》2021年4月9日。

如果有人去写的话，这个作品能够挖掘出很多"意义"），但如果认真了解卡波特《冷血》的书写过程及文本的呈现，王安忆以上对非虚构的总结评价恐怕不再能立得住脚：非虚构并非"现成性"的，而是需要写作者去深度挖掘，基于某种"意义"对事件进一步编织，赋予一种叙述形式，并最终呈现审美价值。当然，彼时王安忆所说的"非虚构"与我们当下所谈的"非虚构"的内涵可能并不一致。在当下语境中，王安忆所说的"非虚构就是真实地发生的事实"至少应该改为"非虚构是对真实发生的事实的有序编排和有形式的叙述，并在叙述过程追求故事意义与审美价值的自然呈现"。

对于非虚构"打工叙事"而言，其所呈现出的现实面向与问题意识，是它在新世纪文学场中最为引人注目的特点，它对于知识分子作家和新工人作家在行动写作与主体性构建层面的价值也意义非凡。但既然作为一种文学写作或一种艺术形式而存在，非虚构"打工叙事"的美学问题便是研究者不得不去讨论的面向。就如马尔库塞曾对文学中的"艺术与革命"问题进行的自问自答："它应当怎样表达出来，从而能成为变本实践中的向导和成员，又不失其为艺术，不失其内在的倾覆力量呢？""艺术只有作为艺术，只有以其破除日常语言，或作为'世界的诗文'这种它自身的语言和图像，才能表达其激进的潜能。"① 不过，在马尔库塞讨论的基础上，一个新的问题也显现出来：如何划定艺术的标准？

雅克·朗西埃曾针对这一问题提出"可感物的分配格局"（或译为"可感性的分配"）这一概念："我所谓的可感物的分配格局，即是一个自明的意义感知事实的体系，它在显示了某物在公共场合中的存在的同时，也划清了其中各个部分和各个位置的界限。"② 在这种分配机制的主导下，"可感"的部分被认可为艺术，而"不可感"的部分被压抑

---

① 赫伯特·马尔库塞：《审美之维》，李小兵译，广西师范大学出版社，2001，第162页。
② 转引自蓝江：《美学的龙种与政治的跳蚤——朗西埃的作为政治的美学》，《杭州师范大学学报（社会科学版）》2015年第3期。

和排除在外，由此，艺术与美的划定便成为一种权力问题。长期以来，文学被想当然地认为是虚构的产物，非虚构的书写被排除在"可感"范围之外，常被认为艺术性不足，甚至是非艺术的形式。如何打破这种审美的权力格局，让原先不可感的部分浮出地表，便成为非虚构写作形式所要负载的"革命任务"。

二、建构非虚构文学审美原则

在非虚构借助《人民文学》成为热门讨论话题之初，李云雷就曾敏锐地注意到其中的美学问题，认为非虚构文学的出现"在美学上的创造性就在于对既有标准的颠覆"①。非虚构写作能否颠覆既有准则进而创造出自己新的审美原则，还未可知，但我们从已有的作品中看到了非虚构写作者在形式创造方面的一些探索。如郑小琼的《女工记》② 以现代叙事诗歌加创作手记的形式记录下工厂中一个个女孩"被固定在卡座上的青春"。现代诗作为一种形式感很强的文体形式，跳跃性的叙事和陌生化的修辞可能会使对工人故事的讲述有碎片感和距离感。郑小琼以诗歌之外的创作手记整合了这些"碎片"，把一位位女工的故事归拢到一个个主题之下。这既能实现对每一个体的差异性呈现，又能触及女工群体的共通性问题。再如萧相风的《词典：南方工业生活》，虽然以"词典"方式架构叙事结构的形式在韩少功《马桥词典》等虚构类作品中早已被尝试，但当现实中的"南方工业生活"以词典条目呈现时，其内容与形式的连接仍体现出一种新意，将作者在打工历程中的经历和感触以文学形式恰当地呈现出来，避免了在叙事层面写成关于打工生活的零散化流水账。

这些形式的探索和运用，使非虚构"打工叙事"在"怎么写"的

---

① 李云雷：《我们能否理解这个世界——"非虚构"与文学的可能性》，《文艺争鸣》2011 年第 3 期。

② 虽然《女工记》最后是以诗集名义出版的单行本，但它最初是以非虚构名义发表于《人民文学》2012 年第 1 期。这或许从另一个侧面说明了非虚构写作在文体上的包容性。

层面寻求到有效路径，然而需进一步注意的是，非虚构"打工叙事"的叙述内容与叙述形式实则是"体"与"用"之关系——审美实现虽然也借助于书写形式的创新，但核心还是在选题层面对现实内容书写价值的考量，以显现其审美层面的"真实之美"。读者在阅读非虚构作品时，首先看重它反映社会真实问题的认知性价值，然后才是对真实材料之叙述形式的感知。

与虚构写作对比来看，非虚构写作显然不能在奇异瑰丽、天马行空的想象层面与之相比，更不可能实现"纯形式"书写，它的写作内容不是基于故事的精巧设计，而是来源于现实生活中具有真实感和厚重感的事实，在这些基础上，再借用那些虚构与非虚构通用的叙事技巧，形成非虚构自身的文学性与审美性，同时形成与虚构类写作可相匹敌的竞争力。表述的内容是其根本，叙述的形式则为锦上添花，进一步提升非虚构"打工叙事"的审美性，需要固其根本，然后探究叙述技巧层面的方法。这种审美实现形式的"体""用"之结合，在一些具有厚重现实感的作品中表现得尤为突出。

作家彤子（原名蔡玉燕）因从事建筑行业管理工作，对工地上的女性工人格外关注，写有非虚构作品《生活在高处——建筑工地上的女人们》。在其非虚构作品《重锤之下》①中，彤子书写了一个十分沉重的死亡故事。作品首先从所叙述事件结束后的一个月开始写起，然后把叙述时间放回到故事开端，交代"我"在做完眼部结石手术卧床休息时接到同事传来的工地噩耗：打击管桩的吊锤意外偏离，辅助工当场死亡，尸体在重压之下已经化为血水，桩机操作工因此陷入疯癫状态。作为安全生产专家，彤子见惯了工地上的各种伤亡事件，但这次不同的是，随着文本的展开，她告知了我们一个事实：桩机操作工毛大雪与死者毛旭日为母子关系。作为单亲妈妈，毛大雪亲手断送了自己 20 岁儿子的性命。并且，在这一事故中，毛大雪负有赶工期和机械设备操作不规范的责任。这样一个真实事件，本身就有着足够强的情感张力，而作

---

① 彤子：《重锤之下》，《作品》2022 年第 1 期。

者作为事故调查专家组的领队，并未全然置身事外来讲述这个故事，而是与毛大雪构成一种情感关联，或者说，作者把自己也放置进了这个事件之中。同为女性，也同为单亲妈妈，作者能够切身感受到毛大雪的痛苦；作为事故调查方领队，作者明确毛大雪在事故中负有责任，同时也在为她争取权益。其中充满了复杂的关系和情感纠葛，然而这一切都并非由设计、编造而来，作品沉重的力量都来自真实生活。不过，如果仅仅告知这样一个悲惨故事，无须耗费一万八千余字的篇幅，作者将所挖掘的事实以有形式的叙述方式呈现给读者，让作品故事背后的意义和审美价值能够自然呈现出来——倒叙的写作手法，近两千字的人物方言口述，抽丝剥茧式的信息交代方式，这些写作的技法都加强了作品的情感力量和审美感受。

从非虚构"打工叙事"的作者构成来看，除了知识分子作家，还有更多新工人作家。前者如袁凌、张彤禾、梁鸿、黄灯、彤子等，因其在文学阅读经验的积累、理论的掌握、写作技法的承袭等层面有着显著的优势，他们在文本处理的精细度上能够凭借这些优势做到更好；对于新工人作家而言，技法的掌控与修辞的美感可能并不是他们的特长。因此，我们对不同写作者在作品的美学呈现方面的期待也应分而视之，这并不意味着何者更优，而是基于不同的观察侧面，也是基于其在非虚构"打工叙事"这一文学现象中所承担的不同作用。

范雨素的爆款文章《我是范雨素》推出之后，引发过不少讨论乃至争论，早于范雨素成名的余秀华也对此发声，观点之一是"文本不够好，离文学性差得远"。看到余秀华的发言之后，诗人王家新做出回应，认为"'文学性'不应是一把板斧，用来砍向她这样的打工写作者"[1]。紧接着，王家新转向了何谓"文学性"的讨论，他引用米沃什的话将所谓的"文学性"视为"艺术的把戏"。这里并不是把一切文学创作的技巧、准则都斥为"艺术的把戏"，若是缺少了这些，文学大厦的基座不会稳固，而是说不应该以此为闸门，将那些新生的、依旧带有粗粝特

---

① 王家新：《范雨素与文学性》，《文学教育》2017 年第 8 期。

质的写作排除在自身之外，使之成为朗西埃所说的审美权力体系下"不可感"的部分。

正是在这一意义上，范雨素、李若、姬铁见、郭福来、雁栖侠、杨猛等大批新工人写作者创作的非虚构作品以其对自身的言说，以其质朴而真挚的书写显现出一种平实之美。在《我是范雨素》这篇短文中，开篇第一句"我的生命是一本不忍卒读的书，命运把我装订得极为拙劣"常常为读者所称道，认为是一种惊艳的文笔表现，这显然是将范雨素的写作片段放置到相当传统的修辞评价标准中考量而得出的感受。这个句子更像是对席慕蓉《青春》中的诗句，以及张爱玲《天才梦》末尾那个经典句子的一种模仿，确实带有一定的格言效果和传播效应，但其本身所蕴含的实在性意义并不大。范雨素的这篇作品如果全篇都是这般华美的句式，以及这个句子中透射出的那种自怨自艾、自怜姿态，就不会如此打动人。真正动人之处，是范雨素在作品中通过自我书写所勾连的当下社会现实，以及她在讲述这些现实时体现出的那种超越性姿态：对作为富商"如夫人"的年轻女雇主、对维稳青年、对被抛弃的孩子和抛弃孩子的女人、对拾荒的流浪者，都表现出一种并非怜悯的同情，或者说是一种共情。正是通过范雨素及与范雨素有着相似生命经验的新工人写作者的非虚构写作，我们才看到了他们的真实生命状态，看到他们对个人的言说方式和态度。也许他们的写作还显得有些粗糙，但就他们的非虚构写作这一行为本身来看，已经构成一种美学的行动。

文学的基座大体稳固，其疆界却是变动不居的，历史上每一次文学革命都会打开新的天地。梁鸿由此将非虚构写作放置在白话文运动以来的漫长文学史中加以考察，认为"它试图接续五四以来新文化运动和现代文学之初的任务：以文学作为媒介，展示社会内部'新的视野和愿望'，并最终'解放文学形式'"①。所谓的"新的视野和愿望"及"解放文学形式"，皆来自胡适对文学革命的论说，前者指向新文学内

---

① 梁鸿：《非虚构文学的审美特征和主体间性》，《中国现代文学研究丛刊》2021年第 7 期。

容方面所面对的社会问题，后者指向新文学作为“白话文学”形式的自身解放性和大众面向。这两点与如今的非虚构写作，尤其是非虚构“打工叙事”格外贴合。

再回到王安忆对虚构与非虚构的讨论来看，王安忆提出，在评价虚构类作品时，她会“首先把这个作品看成是封闭的，它自成一体，自有逻辑和定律，和外界没有关系，你必须用它自己内部的条件去检测它”①。这对虚构类作品来说确实适用，然而非虚构作品并不是“封闭”的，它始终向外部世界敞开，非虚构写作的美学追求也不只是构建文本内部之美，而是首先指向外部世界，从外部世界中摄取真实之美，并接受外部世界对其真实之美的检验；但其同时又不拒斥形式层面的创新与写作技法的借用，同样追求与小说等虚构类写作一样的可读性。正是在此意义上，非虚构写作扩展着既有的文学边界和文学之美的边界。

另外，知识分子作家和新工人作家两类写作者在这一边界扩展的“革命”中承担着不同角色，前者如白话文运动初期鲁迅完成的任务：既坚持白话文学的社会面向，同时发展其独特的审美质感。新工人作家则更多以他们的非虚构写作行动构建起“大众化”的基底。有了越来越厚实的基底支撑，又有探索者在技术层面的突破，非虚构“打工叙事”不断拓展着文学与美学的疆域。

---

① 王安忆：《虚构与非虚构》，《天涯》2007 年第 5 期。

结 语

反思与期待：创意写作视野下的非虚构『打工叙事』

　　截至 2020 年年末，全国"农民工"总量达 28560 万人①，虽然相较往年来看总量有所回落，但依旧是数量庞大的一个社会群体。这一社会群体勾连着中国的城市与乡村，关联着工业化、城市化、乡村振兴等诸多问题，关乎着"城乡中国"的未来发展。如何以文学书写方式发出打工者的声音，如何更好地讲述这些打工者的故事，又如何让打工者更好地讲述自己的故事，成为文学在当下承担社会功能的一大要点，也关乎着文学的"人民性"问题。自 20 世纪 80 年代以来，打工文学、底层文学及新工人文学都在这一方面做出了行之有效的探索，同时也包含着各自的弊端。在新世纪之后逐步成为浩大文学潮流的非虚构写作，对打工者的关注与书写成为其现实观照中的重要构成，涌现出由打工写作者和知识分子作家共同推出的一批"打工叙事"作品，从而形成"非虚构打工叙事"文学现象。

　　选择"非虚构打工叙事"作为研究对象，既是出于对非虚构文学研究的学术兴趣，也是源于笔者个人成长经历中对打工者的某种内在亲近感——祖辈在土地上辛劳一生，父辈离开土地成为第一代打工者，而同辈们又陆续接过接力棒成为新一代打工者，这种接力或许还将不断进行下去。作为一名文学研究者、写作者，思考文学、写作与打工者的关联，成为个人研究选题的最初动机和动力。由于新冠疫情，一些材料和文献不易获取，留有遗憾，有待之后补充完善。

　　本书以新世纪非虚构"打工叙事"为论域，对其发展源流、创作主体、场景书写、精神诉求等几个方面做出了梳理与探究。在发展源流方面，非虚构"打工叙事"作为新工人文学的重要构成，使新工人文学相较于之前的打工文学在书写形式层面更能切近打工者自身经验，突破打工文学自身的发展悖论，发展为打工文学的"高级形态"。此外，在知识分子作家进行的非虚构"打工叙事"中，与以往底层文学以虚构写作方式对打工者故事进行想象性建构不同，知识分子作家以"行动

---

　　① 《2020 年农民工监测调查报告》，国家统计局，http://www.stats.gov.cn/xxgk/sjfb/zxfb2020/202104/t20210430_1816937.html，访问日期：2021 年 4 月 30 日。

者"姿态在物理空间和心灵空间上都尽力接近书写对象,最大限度减轻了事实本相与作品传达间的损耗。由此,打工文学、底层文学、新工人文学通过新工人作家、知识分子作家两类写作者,以非虚构写作形式实现了自身的新发展。新世纪非虚构"打工叙事"在源流层面既传承了报告文学的精神资源,又借鉴了西方非虚构文学的发展经验,在对报告文学精神资源与西方非虚构写作经验的吸纳与转化中,也促使二者在冲突与碰撞之中走向新的融合。

在新世纪非虚构"打工叙事"的两类写作者中,新工人作家由最初身心受到限制的进城打工者逐步生成工人意识,进而通过非虚构写作觉醒为具有自我言说能力的写作主体,但他们依旧在与种种规训力量的相互制衡中前行。不同立场的知识分子作家则以"代言"方式借由非虚构"打工叙事"叙说各自内心的理想图景,将非虚构"打工叙事"变为观点交锋的"文化战场"。

关于非虚构写作的真实观,我们借用居伊·德波的景观学说指出非虚构"打工叙事"中场景书写的景观化问题,写作者基于主观意图以文字编码的方式对现实场景进行景观化处理,所形成的主观真实其实包含着真实与虚构的二元对立,也指向"景观化"与"非虚构性"的对立统一关系,要求写作者更为自觉地应对创作中的景观化问题。

在非虚构"打工叙事"的精神诉求方面,知识分子作家以"行动"的方式将知识、现实与非虚构写作实践相结合,观照中国当下的城乡问题。新工人作家以非虚构"打工叙事"为载体,建设具有自身主体性的新工人文化。非虚构"打工叙事"的美学追求,是以内容层面的真实之美为本,再借由叙述形式与技巧增强审美性,从而发展为一种以"平实美"为特色的审美品格。

可以说,新世纪非虚构"打工叙事"通过知识分子作家和新工人作家的共同努力,已经在各方面取得了较大成就,但仍存在值得反思之处,如非虚构"打工叙事"作品叙事能力不足、可读性有待提升的问题,如打工写作者在进行非虚构写作时所面对的"普及与提高"问题,这些都有待于在创意写作视野下寻找解决方案。

　　如何让非虚构"打工叙事"作品更具可读性，是目前值得反思的问题之一。在谈到非虚构"打工叙事"的审美问题时，我们已经指出，其审美追求是以内容层面的"真实之美"为核心要义，但作为文学作品，文本可读性是吸引读者在阅读接受过程中实现"真实之美"的关键。纳博科夫在《文学讲稿》中谈到作家的三个重要身份：讲故事的人、教育家和魔法师。"一个大作家集三者于一身，但魔法师是其中最重要的因素，他之所以成为大作家，得力于此。"① 纳博科夫所言更多是针对小说家，对于非虚构作家而言，"讲故事的人"与"教育家"的身份可能更为重要，但若要更好地在文学作品中实现和强化这两种身份，"魔法师"的角色不可或缺。也即是说，非虚构"打工叙事"的写作者需要在提供一个具有真实力量与真实之美的故事及故事背后所包含的思想内涵的同时，还要在故事内容、意义的实现形式方面多做尝试，进一步提升非虚构写作在叙事层面的技术与艺术。

　　洪治纲曾指出非虚构写作在文本结构层面的碎片化特征，认为非虚构作品过多依赖碎片化场景进行故事讲述。② 这确实是非虚构写作的一大"软肋"，以致非虚构写作无法像虚构写作那样尽可能地"创造"出一个完整而顺畅的故事。进一步从结构层面来看，洪治纲所说的这种"碎片化"特征其实是非虚构写作者大多选用"平路故事"③ 结构造成的。所谓"平路故事"，即在一个主题之下进行散点式事件组织，以这些故事案例来印证和强化主题。我们可以看到，梁鸿《出梁庄记》、郑小琼《女工记》及黄灯《大地上的亲人：一个农村儿媳眼中的乡村图景》等作品都是选用这种结构方式，在所要表达的主题之下选用一系列人物的生命故事来进行散点叙事。

---

　　① 　弗拉米基尔·纳博科夫：《文学讲稿》，申慧辉等译，生活·读书·新知三联书店，1991，第25页。

　　② 　洪治纲：《论非虚构写作的反自律性及其局限》，《文艺理论研究》2020年第5期。

　　③ 　本书所引用的"平路故事""爬坡故事"结构来自加拿大创意写作教师阿德丽安·吉尔。参见阿德丽安·吉尔：《写作力：创意思考的写作策略》，陈中美、钱飓译，接力出版社，2017，第38页。

与"平路故事"结构相对应的另一种模式是"爬坡故事"结构，杰克·哈特将其发展为一条由阐述、上升动作、危机、高潮（困境得到解决）、下降动作（结局）五个部分组成的"叙事弧线"[①]。这种"爬坡故事"结构是主人公遭遇困境然后展开行动解决困境的模式结构，在情节安排上更加紧凑，增强了非虚构故事的可读性。不过也应该注意到，这种常用于虚构写作的叙事结构对非虚构写作者提出了更高的要求，需要写作者在现实中获取尽可能多的故事素材以避免情节完整性上的空缺，然后对故事素材进行精心组织，以达成叙事效果。如非虚构作家何伟所说，非虚构写作中，"创造性部分来源于你是如何运用这些日常素材的，在调查中就存在创造性"[②]，非虚构写作者需要在调查和写作中尽可能地发挥这种创造性，以此提升非虚构"打工叙事"作品的可读性。而这种创造性在非虚构写作者尤其是打工写作者中的实现，还需要依靠系统化的创意写作教育。

自 2009 年复旦大学、上海大学率先引进创意写作学科以来，经过十余年的发展，"写作人人可为"的文学创作民主观已被广泛接受，在学科理论、教学方法和写作技巧层面都有了充足发展，进入写作教学的"创意写作时代"。具体到非虚构写作层面，中国人民大学、上海大学、南京大学、复旦大学等高校先后开设了相关课程，系统化、专业化探索创意非虚构教学，培养非虚构写作人才。而在高校创意写作系统之外，我们也看到了如北京"皮村文学小组"等社会化组织展开的针对打工写作者的文学写作课程，推出了李若、范雨素等具有影响力的新工人作家。

不过，少量的社会化写作教育机构并不能满足广大打工者群体对写作教育的需求。在当下的创意写作时代，如何让非虚构"打工叙事"与高校创意写作教育相融合，让打工写作者能够共享中国创意写作发展

---

① 杰克·哈特：《故事技巧：叙事性非虚构文学写作指南》，叶青、曾轶峰译，中国人民大学出版社，2012，第 22 页。

② 南香红、张宇欣访谈何伟：《为何非虚构性写作让人着迷?》，腾讯·谷雨，https://cul.qq.com/a/20150828/217693.htm，访问日期：2015 年 8 月 28 日。

的成果，是非虚构"打工叙事"与创意写作教育下一步要面对的共同问题。就其具体操作而言，一方面可以利用高校的组织资源邀请新工人作家进入大学课堂，另一方面可以让高校创意非虚构写作、研究、教学的"行家"进入社会化机构组织创意写作工作坊，使创意写作教学突破学院壁垒，既实现对打工写作者非虚构创作的普及与提高，又能以后者的写作案例反哺学院的教学与研究。

在创意写作教学逐步走出学院围墙的趋势中，知识分子作家、新工人作家都能在创意写作发展中分享成果，并通过创意非虚构工作坊实现理念、经验、方法的融通，将非虚构"打工叙事"推向更为可期的未来。

参考文献

专著：

［1］陆学艺. 当代中国社会阶层研究报告［M］. 北京：社会科学文献出版社，2002.

［2］刘旭. 底层叙述：现代性话语的裂隙［M］. 上海：上海古籍出版社，2006.

［3］吕途. 中国新工人：迷失与崛起［M］. 北京：法律出版社，2012.

［4］李云雷. 新世纪"底层文学"与中国故事［M］. 广州：中山大学出版社，2014.

［5］佳亚特里·斯皮瓦克. 底层人能说话么？［M］//陈永国，赖立里，郭英剑. 从解构到全球化批判：斯皮瓦克读本. 北京：北京大学出版社，2007.

［6］张春宁. 中国报告文学史稿［M］. 北京：群言出版社，1993.

［7］马尔库塞. 审美之维［M］. 李小兵，译. 桂林：广西师范大学出版社，2001.

［8］陈思和. 中国当代文学史教程［M］. 2版. 上海：复旦大学出版社，2017.

［9］约翰·霍洛韦尔. 非虚构小说的写作［M］. 仲大军，周友皋，译. 沈阳：春风文艺出版社，1988.

［10］杰克·哈特. 故事技巧：叙事性非虚构文学写作指南［M］.

叶青，曾轶峰，译. 北京：中国人民大学出版社，2012.

[11] 罗伯特·博因顿. 新新新闻主义：美国顶尖非虚构作家写作技巧访谈录 [M]. 刘蒙之，译. 北京：北京师范大学出版社，2018.

[12] Lee Gutkind. Keep It Real：Everything You Need to Know About Researching and Writing Creative Nonfiction[M]. New York：W. W. Norton & Company，2009.

[13] Theodore A. Rees Cheney. Writing Creative Nonfiction：Fiction Techniques for Crafting Great Nonfiction[M]. Berkeley：Ten Speed Press，2001.

[14] D.G. Myers. The Elephants Tech：Creative Writing since 1880 [M]. Chicago：University of Chicago Press，2006.

[15] 威廉·津瑟. 写作法宝：非虚构写作指南 [M]. 朱源，译. 北京：中国人民大学出版社，2013.

[16] 马克·克雷默，温迪·考尔. 哈佛非虚构写作课：怎样讲好一个故事 [M]. 王宇光，等译. 北京：中国文史出版社，2015.

[17] 米歇尔·福柯. 规训与惩罚：监狱的诞生 [M]. 5 版. 刘北成，杨远婴，译. 北京：生活·读书·新知三联书店，2019.

[18] 蔡翔. 革命/叙述：中国社会主义文学—文化想象：1949—1966 [M]. 北京：北京大学出版社，2018.

[19] 马克思，恩格斯. 马克思恩格斯全集：第八卷. 北京：人民出版社，2006.

[20] 潘毅. 中国女工：新兴打工者主体的形成 [M]. 任焰，译. 北京：九州出版社，2011.

[21] 路易·皮埃尔·阿尔都塞. 列宁和哲学 [M]. 杜章智，译. 台北：远流出版社，1990.

[22] 居伊·德波. 景观社会 [M]. 张新木，译. 南京：南京大学出版社，2017.

[23] 道格拉斯·凯尔纳. 媒体奇观：当代美国社会文化透视 [M]. 史安斌，译. 北京：清华大学出版社，2003.

[24] 让·鲍德里亚. 消费社会 [M]. 4 版. 刘成富,全志钢,译. 南京:南京大学出版社,2014.

[25] 王荣纲. 报告文学研究资料选编 [M]. 济南:山东人民出版社,1983.

[26] 埃里希·奥尔巴赫. 摹仿论 [M]. 吴麟绶,周建新,高艳婷,译. 天津:百花文艺出版社,2002.

[27] 李大钊. 李大钊全集:第二卷 [M]. 北京:人民出版社,2006.

[28] 吕途. 中国新工人:文化与命运 [M]. 北京:法律出版社,2014.

[29] 马克·柯里. 后现代叙事理论 [M]. 宁一中,译. 北京:北京大学出版社,2003.

[30] 汤普森. 英国工人阶级的形成 [M]. 钱乘旦,杨豫,潘兴明,等译. 南京:译林出版社,2013.

[31] 弗拉米基尔·纳博科夫. 文学讲稿 [M]. 申慧辉,等译. 北京:生活·读书·新知三联书店,1991.

[32] 阿德丽安·吉尔. 写作力:创意思考的写作策略 [M]. 陈中美,钱飔,译. 南宁:接力出版社,2017.

[33] 雪莉·艾利斯. 开始写吧!:非虚构文学创作 [M]. 刁克利,译. 北京:中国人民大学出版社,2011.

[34] 特雷西·基德尔,理查德·托德. 非虚构的艺术 [M]. 黄红宇,译. 上海:上海译文出版社,2020.

[35] 热拉尔·热奈特. 叙事话语 新叙事话语 [M]. 王文融,译. 北京:中国社会科学出版社,1990.

[36] 胡亚敏. 叙事学 [M]. 2 版. 武汉:华中师范大学出版社,2004.

[37] 詹明信. 晚期资本主义的文化逻辑 [M]. 2 版. 陈清侨,严锋,等译. 北京:生活·读书·新知三联书店,2013.

[38] 勒内·韦勒克,奥斯汀·沃伦. 文学理论 [M]. 1 版(修订

本）. 刘象愚，邢培明，陈圣生，等译. 杭州：浙江人民出版社，2017.

[39] 本尼迪克特·安德森. 想象的共同体：民族主义的起源与散布 [M]. 增订版. 吴叡人，译. 上海：上海人民出版社，2016.

[40] 保罗·威利斯. 学做工：工人阶级子弟为何继承父业 [M]. 秘舒，凌旻华，译. 南京：译林出版社，2013.

[41] 郑小琼. 女工记 [M]. 广州：花城出版社，2012.

[42] 袁凌. 青苔不会消失 [M]. 北京：中信出版社，2017.

[43] 周立波. 周立波选集：第六卷 [M]. 长沙：湖南人民出版社，1984.

[44] 夏衍. 包身工 [M]. 北京：解放军文艺出版社，2000.

[45] 鲁迅. 而已集 [M]. 北京：人民文学出版社，2006.

[46] 茅盾. 中国的一日 [M]. 上海：上海生活书店，1936.

[47] 梁鸿. 出梁庄记 [M]. 广州：花城出版社，2013.

[48] 黄传会. 中国新生代农民工 [M]. 北京：人民文学出版社，2011.

[49] 张彤禾. 打工女孩：从乡村到城市的变动中国 [M]. 张坤，吴怡瑶，译. 上海：上海译文出版社，2013.

[50] 陈年喜. 活着就是冲天一喊 [M]. 北京：台海出版社，2021.

[51] 姬铁见. 止不住的梦想：一个农民工的生存日记 [M]. 北京：九州出版社，2013.

[52] 丁燕. 工厂女孩 [M]. 北京：外文出版社，2013.

[53] 林立青. 做工的人 [M]. 北京：中国工人出版社，2017.

[54] 梁鸿. 中国在梁庄 [M]. 北京：台海出版社，2016.

[55] 黄灯. 大地上的亲人：一个农村儿媳眼中的乡村图景 [M]. 北京：台海出版社，2017.

报刊文章和学位论文：

[1] 杨宏海. "打工文学"的历史记忆 [J]. 南方文坛，2013（2）：43-46.

[2] 李云雷. 新世纪文学中的"底层文学"论纲 [J]. 文艺争鸣, 2010 (11): 25-33.

[3] 张慧瑜. 另一种文化书写: 新工人文学的意义 [J]. 文艺评论, 2018 (6): 36-40.

[4] 李敬泽. 答《文艺争鸣》问 [J]. 文艺争鸣, 2009 (10): 1-3.

[5] 赵学勇, 梁波. 新世纪: "底层叙事"的流变与省思 [J]. 学术月刊, 2011 (10): 117-123.

[6] 南平, 王晖. 1977—1986 中国非虚构文学描述: 非虚构文学批评之二 [J]. 文学评论, 1987 (1): 35-43.

[7] 王晖, 南平. 对于新时期非虚构文学的反思 [J]. 华中师范大学学报 (哲学社会科学版), 1987 (1): 64-70.

[8] 丁晓原. 报告文学, 作为叙事性非虚构写作方式 [J]. 文艺理论研究, 2020 (3): 76-83.

[9] 汪晖. 两种新穷人及其未来: 阶级政治的衰落、再形成与新穷人的尊严政治 [J]. 开放时代, 2014 (6): 49-70.

[10] 李云雷. 我们能否理解这个世界: "非虚构"与文学的可能性 [J]. 文艺争鸣, 2011 (3): 38-42.

[11] 吕永林. 非虚构写作的"特权"与"创意"[J]. 雨花, 2015 (22): 4.

[12] 叶祝弟. 缘起: 非虚构写作五问 [J]. 探索与争鸣, 2021 (8): 37-39.

[13] 李丹梦. "非虚构"之"非"[J]. 小说评论, 2013 (3): 89-96.

[14] 林秀琴. "非虚构"写作: 个体经验与公共经验的困窘 [J]. 江西社会科学, 2013 (11): 78-83.

[15] 刘卓. "非虚构"写作的特征及局限 [J]. 文艺理论与批评, 2018 (1): 113-120.

[16] 洪治纲. 论非虚构写作的反自律性及其局限 [J]. 文艺理论研究, 2020 (5): 112-118.

［17］吕永林．非虚构：一种写作方式的抱负与解放［J］．上海文学，2019（7）：127-136．

［18］梁鸿．非虚构文学的审美特征和主体间性［J］．中国现代文学研究丛刊，2021（7）：90-100．

［19］冯骥才．非虚构写作与非虚构文学［J］．当代文坛，2019（2）．

［20］张文东．"非虚构"写作：新的文学可能性?：从《人民文学》的"非虚构"说起［J］．文艺争鸣，2011（3）：43-47．

［21］洪治纲．论非虚构写作［J］．文学评论，2016（3）：62-71．

［22］王光利．非虚构写作及其审美特征研究［J］．江苏社会科学，2017（4）：209-115．

［23］许道军．非虚构写作的兴起、假想敌与对立面［J］．当代文坛，2019（4）：74-78．

［24］刘浏．中国非虚构文学的流变与转向［J］．东吴学术，2018（4）：8．

［25］李敬泽．关于非虚构答陈竞［J］．杉乡文学，2011（6）．

［26］吕永林．非虚构写作的弹药和阵地［J］．文艺评论，2017（5）：25-31．

［27］梁鸿．改革开放文学四十年：非虚构文学的兴起及辨析［J］．江苏社会科学，2018（5）：45-52．

［28］洪治纲．非虚构写作中的事实与观念［J］．探索与争鸣，2021（8）：39-42．

［29］王雷雷．创意写作与非虚构写作的共生［C］∥中华文学基金会．世界华文创意写作大会论文集，2015：4．

［30］任雅玲．平民非虚构写作的文化建构及其反思［J］．求索，2016（3）：150-154．

［31］张爱玲，韩慧萍．平民非虚构作品的原生态叙事：以姜淑梅作品为例［J］．文艺评论，2016（3）：13-17．

［32］林秀．文化与行动："新工人文艺"话语的知识光谱［J］．

创作评谭，2021（2）：39-42.

[33] 杨宏海. 一种新的特区文化现象：打工文学 [J]. 特区实践与理论，1992（5）：39-42.

[34] 李杨. 底层如何说话："文学性"镜像中的"后打工文学"[J]. 天津社会科学，2020（6）：123-132.

[35] 王十月. 我是我的陷阱 [J]. 天涯，2010（1）：4-10.

[36] 王十月，高方方. 为都市隐匿者作证：对话王十月 [J]. 百家评论，2013（3）：58-65.

[37] 张慧瑜. 在"别人的森林"里创造新工人文学 [J]. 创作评谭，2021（2）：34-38.

[38] 张冀.《包身工》与无产阶级革命文学 [J]. 华中学术，2018（1）：100-108.

[39] 王晖. 意识形态与百年中国报告文学 [J]. 社会科学辑刊，2004（2）：143-149.

[40] 川口浩. 报告文学论 [J]. 沈端先，译. 北斗，1932（1）：240-257.

[41] 董鼎山. 所谓"非虚构小说"[J]. 读书，1980（4）：133-136.

[42] 刘茵，理由. 话说"非小说"：关于报告文学的通讯 [J]. 鸭绿江，1981（7）：70-75.

[43] 王晖，南平. 美国非虚构文学浪潮：背景与价值 [J]. 当代文艺思潮，1986（2）：123.

[44] 范培松. 论九十年代报告文学的批判退位 [J]. 当代作家评论，2002（2）：130-136.

[45] 李敬泽. 报告文学的枯竭和文坛的"青春崇拜"[J]. 南方周末，2003-10-30.

[46] 徐德明."乡下人进城"叙事与"城乡意识形态"[J]. 文艺争鸣，2007（6）：48-53.

[47] 仰海峰. 超真实、拟真与内爆：后期鲍德里亚思想中的三个

重要概念［J］. 江苏社会科学，2011（4）：14-21.

［48］罗岗，田延. 旁观他人之痛："新工人诗歌""底层文学"与当下中国的精神状况［J］. 文艺争鸣，2020（9）：28-38.

［49］秦兆阳，秦晴，陈恭怀. 我写《现实主义：广阔的道路》的由来［J］. 新文学史料，2011（4）：4-11.

［50］井岩盾. 真实和虚构：关于特写、传记、回忆录等一个基本问题的讨论［J］. 文学评论，1959（5）：126-137.

［51］梁鸿. 非虚构的真实［N］. 人民日报，2014-10-14（14）.

［52］刘大先. 写真实：非虚构的政治学与伦理学［J］. 山花，2016（3）：114-119.

［53］梁鸿. 书斋与行走［J］. 中国现代文学研究丛刊，2014（10）：162-166.

［54］王晓华. 人民性的两个维度与文学的方向：与方维保、张丽军先生商榷［J］. 文艺争鸣，2006（1）：23-30.

［55］王晓华. 当代文学如何表述底层?：从底层文学的立场之争说起［J］. 文艺争鸣，2006（4）：34-38.

［56］李北方. "好些年了，我比一片羽毛更飘荡"：新工人文化的困惑与未来［J］. 南风窗，2016（4）：87-89.

［57］王安忆. 虚构与非虚构［J］. 天涯，2007（5）.

［58］蓝江. 美学的龙种与政治的跳蚤：朗西埃的作为政治的美学［J］. 杭州师范大学学报（社会科学版），2015（3）：64-70.

［59］王家新. 范雨素与文学性［J］. 文学教育，2017（8）：4-6.

［60］杨国伟. 现代中国文学"底层叙事"研究［D］. 西安：陕西师范大学，2018.

［61］刘浏. "非虚构"写作论［D］. 苏州：苏州大学，2015.

［62］邓晓雨. 当代中国"非虚构"写作研究［D］. 长春：吉林大学，2017.

［63］车志远. 新世纪文学中的"新工人"叙事研究（2000—2016）［D］. 哈尔滨：哈尔滨师范大学，2020.